Vampirwinter

Danksagung

Besonders herzlich bedanken möchte ich mich bei Astrid Johannmeyer, Rainer Rücker und Andreas Schillinger für tatkräftige Hilfe und moralische Unterstützung. Ebenfalls vielen Dank an all die anderen, die mich ermutigt und mir mit konstruktiver Kritik geholfen haben.

Jürgen Romainczyk

Vampirwinter

Phantastischer Roman

© 2004 Jürgen Romainczyk
Herstellung und Verlag: Books on Demand GmbH, Norderstedt
ISBN 3-8334-2083-9
Umschlagfotos: Rainer Rücker
E-Mail: jromainczyk@web.de

Prolog

Wie ein Vogel seine Flügel ausbreitet und in die Nacht fliegt, so entfaltete ihre Seele die Schwingen und ging auf Reisen. Hinaus durch das Fenster der Mansardenwohnung auf den bleichen Halbmond zu, dann über die Dächer der eng stehenden Altstadthäuser und die ruhigen Gassen den belebten Straßen und Plätzen der Stadt entgegen. Hier tauchte sie hinunter zu den zahlreichen kleinen Gruppen von Leuten und Hände haltenden Paaren, die durch die Fußgängerzonen und auf den Gehsteigen gingen. Sie begab sich in eines der zahlreichen Cafés und beobachtete dort gut gelaunte Menschen, die lachten und sich angeregt miteinander unterhielten. Nachdem sie eine Weile zugeschaut hatte, besuchte sie ein zweites und ein drittes Café, bevor sie schließlich die belebte Innenstadt verließ und der um diese Zeit einsamen Uferpromenade des Flusses entgegenschwebte. In der Nacht waren die Wassermassen schwarz und wirkten unheimlich, das finstere Rauschen weckte Gedanken an verschlingende Tiefen. Diese Stimmung hatte etwas Geheimnisvolles, aber sie war nicht geeignet, eine einsame Seele zu erheitern.

Feine Schneeflocken fielen plötzlich vom Himmel und tanzten in den Windböen, als ob sie sich freuten.

Sie bemerkte, dass etwas über ihr war und schaute nach oben.

Die Rückkehr in die Dachwohnung geschah in Gedankenschnelle. Die Bilder von der Welt draußen waren verschwunden, das gemütliche und hübsch eingerichtete Zimmer war wieder an ihre Stelle getreten.

Doch heute war etwas anders.

Das sonst übliche Gefühl der Leere stellte sich nicht ein, statt dessen das Empfinden, dass etwas Ungewöhnliches geschehen war.

Ihre gefiederte Seele war heute Nacht einer anderen begegnet: Diese war schwarz und ihr Verlangen war wild gewesen.

Sie war wie gefangen, ergriffen von tiefer Faszination.

I

Jeden Morgen um halb sechs klingelte der Wecker. Das heißt, er klingelte nicht, sondern er piepte, denn es war ein moderner Wecker. Zuerst ganz langsam (piep ... ... piep ... ... piep), dann schneller (piep ... piep ... piep) und schließlich ganz schnell (piep piep piep).

Immer wenn es anfing zu piepen, hätte sie sich am liebsten die Bettdecke über den Kopf gezogen, nichts gehört und nichts gesehen, wäre gar zu gern nicht aufgestanden, sondern hätte gewartet, bis es wieder Abend war. Ein Tag war so eintönig und einsam wie der andere, und im Bett fühlte sie sich noch am wohlsten, wenn sie lesen, fernsehen oder einfach nur schlafen konnte.

Widerwillig schob sie sich jetzt aus dem Bett, stellte den immer noch piependen Wecker ab, machte Licht und ging dann zum Kleiderschrank, um sich frische Unterwäsche, eine weite Jeans und einen etwas zu großen, aber dafür um so bequemeren Pullover herauszuholen.

Beatrice war 23 Jahre alt, mittelgroß und hatte halblange, hellbraune Haare und graublaue Augen. Sie war durchaus attraktiv, auch wenn vielleicht nicht jeder sie auf Anhieb hübsch finden mochte. Aber bekanntlich liegt die Schönheit ja im Auge des Betrachters und muss auch nicht immer allen gängigen Klischees entsprechen. Gelegentlich war ihr nahe gelegt worden, sie solle doch die Haare noch etwas länger wachsen lassen und öfter mal einen Rock oder etwas figurbetontere Kleidung anziehen, aber Frauen haben meist ihre eigenen Ansichten darüber, was ihnen steht und wie sie sich wohl fühlen, und so wehrte sich auch Beatrice hartnäckig gegen alle wohlgemeinten oder besserwisserischen Ratschläge dieser Art.

Nachdem sie sich angezogen hatte, machte sie sich wie jeden Morgen ein paar belegte Brote für ein schnelles Frühstück und für den Arbeitstag, kochte Tee, von dem sie eine Tasse sofort trank und den Rest in eine Thermosflasche füllte und packte alles ein, was sie unterwegs brauchen würde. Die Zeit verging schnell, wenn man noch hundemüde war, aber unbedingt eine ganz bestimmte Straßenbahn erreichen wollte. Beatrice beeilte sich, so gut es ging.

Bis zur Haltestelle hatte sie eine knappe Viertelstunde zu laufen. Heute war sie wieder einmal spät dran und mußte fast rennen. Sie ärgerte sich, dass sie zu Hause nicht schneller fertig geworden war, aber bis zur übernächsten Bahn wollte sie auch nicht warten. Je früher sie den Arbeitstag begann, desto früher konnte sie ihn auch wieder beenden.

Die Straßenbahn stand bereits an der Haltestelle. Beatrice legte auf den letzten Metern einen Spurt hin und erreichte rechtzeitig die hintere Türe. Außer Atem ließ sie sich auf eine leere Sitzbank fallen. Die Türen schlossen sich und die Bahn fuhr los. Eine Minute vor der regulären Abfahrtszeit.

Sie wohnte jetzt seit fast sieben Monaten in dieser Stadt. Der Umzug war ihr schwergefallen, schließlich waren die Familie und alte Freunde nun zu weit entfernt, als dass es sich gelohnt hätte, sie jedes Wochenende zu besuchen. Aber sie war dennoch froh gewesen, endlich wieder einen Job gefunden zu haben und nun hatte sie auch die Probezeit überstanden. Die Arbeit als Datenbanksachbearbeiterin war nicht gerade interessant, aber alles in allem eigentlich ganz erträglich. Die Kollegen, männliche und weibliche, waren fast alle einigermaßen nett, nur die Chefin sorgte ständig für Stress. Da davon jedoch alle in der Abteilung betroffen waren, ließ es sich auch damit leben und es war viel weniger schlimm, als wenn sich die Kritik nur gegen ihre Person gerichtet hätte.

Leider hatte es sich aber bis jetzt nicht ergeben, dass sie Freundschaften hätte schließen können. So freundlich und hilfsbereit die Kollegen in allem waren, was die Arbeit betraf, so unzugänglich schienen sie bei Dingen, die darüber hinaus gingen. Selbst die Mittagspause verbrachte sie meist allein und ihre Freizeit an ihrem neuen Wohnort sowieso. Immer öfter ertappte sie sich beim Tagträumen. Viel zu schnell waren die Weihnachtsfeiertage vergangen, auf die sie sich so lange gefreut und die sie in ihrer kleinen Heimatstadt verbracht hatte.

Natürlich konnte sich Beatrice gut vorstellen, hier einen Freund zu finden, einen netten jungen Mann, aber bei den derzeitigen Kollegen war in dieser Beziehung nichts zu hoffen, und zum Ausgehen fehlte ihr bis jetzt eine Freundin. Mindestens einmal die Woche versuchte ihre Mutter sie zu überreden, eine Kontaktanzeige aufzugeben, aber Beatrice weigerte sich: Mit dieser Möglichkeit konnte sie sich einfach nicht anfreunden.

„Freiherr-von-Hardenberg-Straße", sagte die Stimme des Lautsprechers, und die Straßenbahn hielt an. Beatrice stieg aus. Das letzte Stück mußte sie wieder zu Fuß zurücklegen. Draußen war es dunkel und nasskalt.

Zwei Wochen waren vergangen. Wieder piepte am frühen Morgen der Wecker und Beatrice stand auf und machte sich auf den Weg zur Arbeit. Aber sie ging mittlerweile viel lieber als noch vor vierzehn Tagen, denn sie hatte seit kurzem eine neue Bekannte: Malia. Malia war etwas älter als Beatrice, wieviel, das konnte Beatrice nicht recht einschätzen, denn Malia gehörte vermutlich zu der Art von Leuten, die sich im Laufe der Zeit nur wenig verändern und bei denen man sich leicht mal um einige Jahre vertun kann. Beatrice vermutete, dass Malia so Anfang bis Mitte Dreißig war. Auf jeden Fall wirkte sie noch sehr jugendlich. Sie war schlank und nicht gerade klein, hatte schöne lange schwarze Haare und ein südländisches, etwas spitzes Gesicht, das hübsch und anziehend und von hellbrauner Hautfarbe war.

Sie hatten sich in der Kantine kennengelernt, die von Angestellten verschiedener Firmen besucht wurde. Malia hatte sich einfach auf den leeren Platz gegenüber von Beatrice gesetzt, hallo gesagt, einige Bemerkungen über das Essen gemacht und schon waren sie völlig zwanglos miteinander im Gespräch gewesen. Von Anfang an verstanden sie sich gut und schon nach wenigen Tagen hatte es sich so eingespielt, dass sie sich an jedem Arbeitstag um die gleiche Zeit zum Mittagessen trafen. Diese gemeinsamen Mittagessen waren für Beatrice schnell zum Höhepunkt ihres Arbeitstages geworden, vielleicht sogar zum Höhepunkt des ganzen Tages überhaupt. Malia arbeitete in einem der Call-Center, die ebenfalls in dem großen Bürokomplex ansässig waren. Auch sie war wegen der Arbeit in diese Stadt gekommen und hatte hier keine Verwandten oder alte Freunde. Im Gegensatz zu Beatrice schien es ihr nichts auszumachen, allein in einer neuen Umgebung zu wohnen, ohne die Möglichkeit, am Abend oder Wochenende mal kurz bei den Eltern vorbei-zuschauen, mit den Geschwistern zu albern oder langvertraute Freunde zu treffen.

„Du kommst nicht ursprünglich aus Deutschland, stimmt's?", fragte Beatrice, als sie beim Essen saßen.

„Meine Eltern sind aus Libyen, ich wurde dort geboren", bestätigte Malia ihre Vermutung.

„Leben sie jetzt in Deutschland?"

„Sie sind schon lange tot", antwortete Malia knapp und schien etwas genervt.

Beatrice hatte das Gefühl, dass es nicht angebracht war, weitere Fragen zu stellen und ärgerte sich wegen ihrer Neugier, als Malia zu ihrer Erleichterung schon wieder freundlich lächelte und sagte: „Ich lebe jetzt schon lange in Deutschland. Zeitweise habe ich auch in Frankreich und England gelebt. Ich bin da wohl ein bisschen Weltbürgerin. Selbständig und unabhängig zu sein macht mir nichts aus. Ich fühle mich wohl dabei."

„Ah ja." Beatrice schaute beschämt auf ihren Teller und stocherte mit der Gabel in dem geschmackslosen Essen. Malia hatte sicher längst gemerkt, wie schwer es ihr fiel, hier ohne ihre Familie zu wohnen.

„Hast du am Freitagabend schon etwas vor?", fragte Malia.

Beatrice blickte sofort wieder auf. „Nein, bis jetzt noch nicht."

„Dann lass uns doch zusammen essen gehen. Etwas richtig Gutes. Hast du Lust? Wie wäre es mit chinesisch?"

„Ja, warum nicht, gern!" Obwohl Beatrice auf so Etwas gehofft und bereits selbst geplant hatte, demnächst einen entsprechenden Vorschlag zu machen, war sie in diesem

Moment freudig überrascht, dass Malia so schnell von sich aus ein privates Treffen vorschlug.

„Super! Kennst du schon einen guten Chinesen? Nein? Dann werd' ich mich mal schlau machen, was es hier so gibt."

Sie plauderten noch ein paar Minuten, bevor sie aufstanden und die Tabletts mit den nur halb leeren Tellern auf das Rückgabefließband stellten.

An diesem Abend fühlte sich Beatrice fast wie neugeboren. Die Schwermut, die sich durch das Alleinsein wie eine Last auf ihre Seele gelegt hatte, war verschwunden. Ihr Gemüt hatte sich schlagartig wieder aufgeheitert und der Trübsinn war wie weggeblasen. Welche Wirkung doch ein einziges nettes Gespräch und eine Verabredung zur rechten Zeit haben konnte!

Mit Hilfe eines Gastronomieführers der Region hatte Malia ein chinesisches Restaurant ausgesucht und den Tisch reserviert. Sie hatten einen guten Platz in einer gemütlichen Nische des Lokals, in dem gedämpftes Licht für eine behagliche Atmosphäre sorgte. Leise chinesische Instrumentalmusik klang durch den Raum. Malia hatte Schweinefleisch extra scharf bestellt und Beatrice Gemüse mit Honigsoße. Beatrice freute sich so über das gemeinsame Abendessen, dass es Malia nicht schwergefallen war, ihr das Mineralwasser auszureden und sie dazu zu bewegen, gemeinsam eine Flasche elsässischen Gewürztraminer zu trinken. „Dieser Wein passt hervorragend zu gut gewürzter Küche", hatte Malia behauptet und Beatrice musste ihr Recht geben: Das goldgelbe Getränk roch und schmeckte wie voll gepackt mit

Rosen und Litschis, fast wie eine Creme oder ein ganzes Gewürzbord. Nicht subtil, aber wundervoll zu den ebenfalls geschmacksintensiven chinesischen Speisen.

„Wie schaffst du es nur, so geschickt mit diesen langen dünnen Dingern umzugehen?!" Beatrice wunderte sich, mit welcher Geschicklichkeit ihre neue Freundin die Stäbchen handhabe und das Essen aufgriff. Sie selbst hatte sich lieber Messer und Gabel geben lassen.

„Das ist überhaupt nicht schwierig. Man lernt es sehr schnell, wenn man es gezeigt bekommt. Und hier ist es schließlich stilecht und macht Spaß. Meine liebe Beatrice, ich glaube, du solltest ab und zu mal etwas Neues ausprobieren."

„Nicht wenn dabei die Gefahr besteht, dass ich verhungere", lachte Beatrice.

„Frau lebt nicht vom Brot allein", konterte Malia.

Während sie aßen, erzählte Malia von verschiedenen Städten, in denen sie schon gewohnt hatte. Beatrice hörte interessiert zu und fragte sich nebenbei, wie Malia nur immer wieder von der extrem scharfen Chili-Würzsauce nehmen konnte, die auf dem Tisch bereitstand.

„Sicher wirst du auch hier nicht allzu lange bleiben, sondern bald wieder woandershin ziehen?" Die Enttäuschung in Beatrice' Frage war nicht zu überhören.

„Das ist nicht gesagt. Auch ich kann mir gut vorstellen, mich so langsam mal fest irgendwo niederzulassen. Und hier gefällt es mir bis jetzt ganz gut. Zur Zeit muss man ja sowieso froh sein, wenn man überhaupt einen Job hat. Und außerdem ...", sie lächelte süffisant, „vielleicht lerne ich ja hier auch jemand kennen, für den es sich lohnt, hier zu bleiben!"

Sofort hellte sich Beatrice' Gesicht wieder auf und eifrig ergriff sie die Gelegenheit, über dieses Thema zu reden.

„Ja, daran habe ich auch schon gedacht. Ich hatte auch schon zwei Freunde. In den einen war ich sehr verliebt, aber der war nur hinter meiner Freundin her und hat mich dann sitzenlassen. Von dem zweiten habe ich mich getrennt, das war auch nicht so das Wahre mit dem …"

Sie hielt inne. Ein kurzer Anflug von Missmut war auf ihrem Gesicht erschienen, aber gleich wieder verschwunden. Malia hatte sich eine Zigarette angezündet, rauchte und hörte zu. Mit dem Essen waren sie fertig.

„Aber ich glaube, bei den Kollegen in meiner Firma ist niemand zu finden."

„Vergiss die. Lass uns mal zusammen um die Häuser ziehen, ich denke, da werden wir schon unseren Spass haben."

„Wir zwei machen die Stadt unsicher?! Ja, ein bisschen Auslauf könnte ich schon gebrauchen, nachdem ich die letzten Monate fast nur in meiner Wohnung gesessen bin." Beatrice nippte an ihrem Glas. Der Wein stieg ihr zu Kopf, schmeckte aber einfach zu gut. „Was hältst du eigentlich von Fasching?"

„Fasching mag ich sehr gerne! Ich liebe es, mich zu verkleiden. Am liebsten so, dass man mich nicht mehr erkennt. Du gehst auch gerne zum Fasching?"

„Ja. In dem Städtchen, aus dem ich komme, gibt es einige Faschingsbälle, die ich oft mit meinen Geschwistern oder Freundinnen besucht habe. Hier in der Stadt scheint der Ball der Vampire sehr beliebt zu sein. Ich habe aus den Gesprächen der Kollegen gehört, dass er ziemlich gut sein soll."

„Ball der Vampire?! Aha!" Malia machte ein amüsiert-interessiertes Gesicht. „Nun, wenn möglichst wenige von den Typen aus meinem Büro und aus der Kantine dort auftauchen, dann könnte diese Veranstaltung tatsächlich ganz gut werden. Wann findet dieser Ball der Untoten denn statt?"

„Morgen in drei Wochen. Soll ich Karten besorgen?"

„Mach mal. Noch eine Flasche Wein?"

„Oh nein, heute nicht mehr", lachte Beatrice. „Der Wein schmeckt wirklich herrlich, aber ich bin schon ganz beduselt und ziemlich müde. Wie schaffst du es nur, immer noch so fit sein? Du bist doch auch früh aufgestanden."

„Ich bin ein Nachtschwärmer. Das wirst du jetzt ja bald merken. Besuchen wir morgen Abend ein paar Kneipen? Morgen früh kannst du ja erst mal schön ausschlafen, dann bist du abends auch fit."

Beatrice erklärte sich einverstanden. Sie bezahlten und verließen das Restaurant. Ein kalter Januarwind wehte durch die Fußgängerzone. Beatrice wohnte mitten in der historischen Altstadt und hatte einen kurzen Heimweg; Malia mußte über die alte Steinbrücke auf die andere Seite des Flusses und würde länger unterwegs sein. Nach kurzem gemeinsamen Weg verabschiedeten sie sich bis zum nächsten Abend.

In dieser Nacht schlief Beatrice so gut wie seit langem nicht mehr.

II

In den nächsten drei Wochen waren sie jeden Freitag und Samstag zusammen unterwegs. Mehrmals trafen sie sich auch unter der Woche und gingen ins Kino oder einfach in ein Café. Malia trug an diesen Abenden stets lange Röcke und enge Pullover oder ähnliche Kleidung, die ihre Weiblichkeit betonte, aber sie machte nie eine Bemerkung darüber, dass Beatrice es ihr in dieser Beziehung nicht gleichtat. Beatrice war froh, dass das ständige einsame Herumsitzen in ihrer Wohnung ein Ende hatte. Mit Malia auszugehen war zwar manchmal etwas anstrengend, da diese einfach nicht nach Hause wollte und es meist sehr spät wurde, aber es war nie langweilig. Immer wußte die Freundin etwas Lustiges oder Interessantes zu erzählen. Oft wurden sie auch von Männern angesprochen. Manche waren ganz nett und man konnte sich gut mit ihnen unterhalten. Andere waren aufdringlich und unangenehm und hatten gierige Augen. Aber solche räumten auch jedesmal schnell wieder das Feld, denn Malia war immer Herrin der Lage und verstand es hervorragend, ihnen Bescheid zu stoßen. Wie Hunde mit eingezogenen Schwänzen zogen sie ab, nachdem Malia sie mit spitzen Bemerkungen und Spott überschüttet und der Lächerlichkeit preisgegeben hatte.

Diese Streifzüge durch die nächtliche Stadt hatten für Beatrice etwas Neues, Abenteuerliches, eigentlich schon fast Gefährliches, aber in Malias Gesellschaft fühlte sie sich sicher.

Da keine von ihnen ein geeignetes Kostüm für den Ball der Vampire besaß, gingen sie zusammen einkaufen, um sich entsprechend auszustatten. Beim Anprobieren der phantasievollen Faschingskleider hatten sie eine Menge Spaß. Beatrice entschied sich schließlich für das Kostüm einer Spinnenfrau und Malia wählte mottogetreu dasjenige einer Vampirin: finster und unheimlich, aber auch sehr erotisch.

Am Abend des Balles schneite es. Wie Daunenfedern flogen die Schneeflocken aus dem schwarzblauen Nachthimmel herab. Gleich einem weißen Tuch legte sich allmählich eine Schneedecke über die Stadt. Noch hatte es das winterliche Element nicht ganz geschafft, sich auf den stärker befahrenen Straßen durchzusetzen, als es die Gehsteige und die Fußgängerzonen der Innenstadt bereits mit einer zentimeterdicken Schicht bedeckte.

Da Beatrice' Wohnung nicht weit vom Veranstaltungsort entfernt war, hatten sie beschlossen, dass Malia in dieser Nacht bei ihr schlafen würde. Nachdem die gutaussehende Schwarzhaarige ihre Sachen in der gemütlichen Dachwohnung abgeliefert und sich beide umgezogen und zurechtgemacht hatten, machten sie sich auf den Weg. Sie beeilten sich, denn selbst mit übergezogenen Mänteln waren die dünnen Karnevalskostüme nicht geeignet, die winterliche Kälte abzuhalten.

Der Ball der Vampire fand in einem prächtigen Jugendstilgebäude aus dem Kaiserreich statt. Schon als sie auf den

Eingang zugingen, staunte Beatrice über die aufwändigen Verkleidungen der Besucher und Besucherinnen, die offensichtlich weder Kosten noch Mühen gescheut hatten, um sich in Figuren aus vergangenen Zeiten und phantastischen Geschichten zu verwandeln. Dicke Schneeflocken legten sich auf Dreispitze mit goldenen Borten, auf schwarze Zylinderhüte, auf weiß gepuderte Perücken und auf turmhohe Frisuren, die denjenigen glichen, welche zur Zeit Marie Antoinettes Mode am französischen Königshof im Schloss von Versailles gewesen waren. Dazwischen sah man Hexen, Zauberer und andere Märchengestalten, sowie gelegentlich Figuren aus den Batman-Filmen.

Beatrice und Malia passierten die in Livree gekleideten Kontrolleure, gaben die Mäntel an der Garderobe ab und gingen ins Innere des imperialen Prunkbaus, wo sich ein Fest für die Sinne entfaltete, wie Beatrice es von den rustikalen karnevalistischen Tanzveranstaltungen ihrer kleinen Heimatstadt nicht kannte. Das Gebäude war groß; es gab mehrere Räume, Korridore und Stockwerke, in denen jeweils unterschiedliche Musik gespielt wurde. Im großen Saal in der Mitte lief klassische Musik, meist Walzer oder andere Tänze. Auf einer Seite des Raumes befand sich eine Bühne, in deren Hintergrund die Pfeifen einer großen Orgel zu sehen waren. Gelegentlich wurde die rein instrumentale Musik unterbrochen und auf der Bühne erschienen Sänger und Sängerinnen, die gefühlsbetonte Opernarien vortrugen. Die anderen Seiten des Saales waren mit blutroten Wandbehängen versehen, von denen goldene Kordeln baumelten. Viele Männer waren als Vampir verkleidet, mit weiß geschminktem Gesicht und schwarz umrandeten Augen, im Smoking und häufig auch mit langem schwarzem oder leuchtend rotem Umhang. Die Frauen trugen scharlachrote, strahlend weiße oder tiefschwarze Kleider, die an Liebe, Hochzeit und Tod denken ließen. Nicht wenige der Ballgäste waren in Kostüme im Stil des 17. oder 18. Jahrhunderts gekleidet und hätten gut auf die prunkvollen Feste der Fürsten des Barock und des Rokoko gepasst. Parfümdüfte unterschiedlichster Art, von frischer Minze bis zu schwerer Süße, konnte man wahrnehmen, wenn man durch die dicht stehenden Menschen ging.

Nach und nach durchquerten sie sämtliche Räume und Flure des Gebäudes, beobachteten die unwirklich wirkenden Gestalten, bewunderten die Schlingpflanzenornamente der üppigen Jugenstildekoration und lauschten der jeweiligen Musik. Gerade waren sie in einem Saal gewesen, in dem Lieder aus den Musicals *Tanz der Vampire*, *Das Phantom der Oper* und *Die Schöne und das Biest* gespielt wurden.

„Lass uns etwas trinken", sagte Malia.

Sie gingen zu einer Bar, an der sogenannte Blutcocktails angeboten wurden. Zahlreiche Menschen drängten sich um kleine Stehtische herum und ließen sich das dunkelrote Getränk aus hohen schmalen Gläsern schmecken. Malia stellte sich zu der Menge der Wartenden, um die Drinks zu holen. Beatrice blieb zurück und verfolgte derweil weiterhin fasziniert das traumähnliche Treiben ringsum.

„Hallo, na, ist dir heute schon jemand ins Netz gegangen?"

Sie erschrak fast, als sie so unvermittelt angesprochen wurde, blickte auf und sah einen großen jungen Mann, der sie freundlich lächelnd anschaute. Er hatte blondes Haar und blaue Augen (soweit man das im Dämmerlicht erkennen konnte), eine leicht gebogene, ein wenig spitze Nase und hohe Wangenknochen. Gekleidet war er in einen schwarzen Anzug, unter dem er ein weißes Rüschenhemd trug. Sein Gesicht war etwas hager und wirkte bleich (wobei sie im Moment nicht sagen konnte, ob es so geschminkt oder von Natur aus blass war), aber das änderte nichts daran, dass sie fand, er sah phantastisch aus!

Einen Augenblick brauchte sie, um die Anspielung zu verstehen, dann fiel der Groschen. Ja, sie war doch als Spinnenfrau verkleidet!

„Äh, nein, leider nicht …"

„Bist du allein hier?"

„Nein, ich warte auf meine Freundin, die holt gerade was zu trinken." Verlegen suchte ihr Blick nach Malia. Diese stand immer noch an der Bar an. Offensichtlich hatte sie auch eine Bekanntschaft gemacht, denn sie unterhielt sich angeregt mit einem der anderen Wartenden.

„Ich heiße Christoph, und wie heißt du?"

„Beatrice."

„Bist du auch zum erstenmal auf dem Vampirball? Ja? Ich bin auch noch nicht allzu lange in der Stadt."

„Bist *du* allein hier?"

„Nein, da drüben, an dem Tisch, da stehen zwei Freunde von mir."

Beatrice schaute zu dem angegebenen Tisch und sah zwei schwarzgewandete Männer dort stehen: einen schlanken mittelgroßen und einen untersetzten. Die beiden nickten ihr grüßend zu.

In diesem Moment kam Malia zurück. „Beatrice, hier, dein Cocktail." Malia musterte Christoph neugierig und drehte sich dann um. Hinter ihr stand wartend die Gestalt, mit der sie sich schon an der Bar unterhalten hatte.

Beatrice nahm einen tiefen Schluck aus ihrem Glas und verzog das Gesicht.

„Wie schmeckt dir der blutige Cocktail?", fragte Christoph lachend.

„Nun, etwas zu scharf für meinen Geschmack; ich mag lieber süße Sachen."

„Ist nicht groß was anderes als eine Bloody Mary", schmunzelte er.

Da er Charme und Witz hatte, kam das Gespräch immer besser in Gang. Sie redeten zuerst über den Ball, dann über alles Mögliche. Christoph erzählte, dass er als Aktienhändler bei einer Bank arbeiten würde. Als ihre Gläser leer waren, fragte er, ob sie Lust habe zu tanzen. Beatrice bejahte und schaute nach Malia, die nicht weit entfernt stand und sich immer noch mit ihrer Barbekanntschaft unterhielt. Zum ersten Mal warf sie einen genaueren Blick auf den Mann, der sich offensichtlich sehr für ihre attraktive Freundin interessierte. Wie viele hier war er als Vampir verkleidet. Auch er hatte ein gutaussehendes, männlich markantes Gesicht, doch sein ständiges Grinsen wollte Beatrice nicht gefallen, und noch viel weniger gefiel ihr der abschätzig musternde Blick, den er über sie gleiten ließ, als sie zu Malia ging und mit ihr sprach. Ihre Stimmung war aber im Moment viel zu gut, als dass sie sich diese hätte verderben lassen. Die Freundin verständigte sich kurz mit dem Grinsenden und erklärte dann, dass sie ebenfalls mitkommen würden. Nachdem sie sich alle miteinander bekannt gemacht hatten, verließen sie die Bar und gingen in den großen Saal. Festliche Walzermusik klang ihnen entgegen.

Es wurde eine rauschende Ballnacht. Beatrice und Christoph tanzten einen Walzer nach dem anderen, tranken ein Glas

Wein zwischendurch und tanzten wieder. Christoph führte hervorragend. Sie hatte das Gefühl, sich wie auf einem Karussell durch den Raum zu drehen, als sie zwischen den anderen tanzenden Paaren hindurchwirbelten. Um Mitternacht verstummte nach einem Tanz plötzlich die Musik und eine finstere Gestalt betrat die Bühne. Beatrice hörte, wie hinter ihr jemand „Nosferatu" flüsterte. Der weißgesichtige und kahlköpfige Frackträger auf der Bühne blieb in leicht gebückter Haltung stehen, wandte sich dem Publikum zu und schaute in die Menschenmenge. Seine Ohren waren unnatürlich lang und spitz, seine Augen schienen blutunterlaufen. Sie hatte das Gefühl, dass diese Augen sie fixierten und wünschte, er würde seinen Blick schnell wieder abwenden. Nach einigen Sekunden ging er weiter, setzte sich an das Regierwerk der großen Orgel, griff in die Klaviaturen und ließ gewaltige Akkorde in düsteren Klangfarben ertönen.

Alles stand wie gebannt und verfolgte die unheimliche Vorstellung. Nach einer knappen Viertelstunde beendete der schauerliche Musiker seine gespenstische Darbietung, verbeugte sich vor dem Publikum und verschwand wieder hinter der Bühne.

Einige Augenblicke der Ruhe folgten, bevor die Musik wieder einsetzte. Ein langsamer Walzer ließ nach und nach den schaurigen Eindruck verklingen, den das dämonische Orgelintermezzo hervorgerufen hatte.

Christoph lud Beatrice zu einem weiteren Glas Wein ein. Längst war sie von den genossenen Getränken berauscht, aber dem golden-süßen Weißwein mit seinem Geschmack nach Pfirsich, Aprikose und Honig konnte und wollte sie an diesem Abend nicht widerstehen. Und vor allem ihrem Kavalier konnte und wollte sie an diesem Abend nicht widerstehen. Vor allem dann nicht, als er sie in den Arm nahm und küsste …

Wenige Meter entfernt stand Malia und beobachtete die beiden. Eben kam Mike (so der Name von Malias Bekanntschaft) von einer der Cocktailbars zurück und brachte einen Dracula Ice Tea und einen Carmilla's Wet Dream mit. In dem gedämpften, aber edlen Licht, das die großen, von der hohen Decke hängenden Kronleuchter von sich gaben, funkelte der Ice Tea in einem leuchtenden Hellrot, während der Wet Dream in einem tiefen Rosa erstrahlte.

„Hast du 'ne Ahnung wer Carmilla ist?" fragte Mike und reichte Malia das Glas.

„Daaas … muss wohl eine Vampirin sein!", antwortete Malia und machte eine spitzbübisch schlaue Miene.

„Echt scharf, dass es auch weibliche Blutsauger gibt", meinte Mike, entblößte seine falschen Vampirzähne und verzog sein Gesicht zu einem unsympathischen Grinsen.

Es war lange nach Mitternacht, als sie durch die tief verschneite Stadt heimwärts gingen. Auch die Straßen waren jetzt weiß und es fuhren so gut wie keine Autos mehr. Der Schneefall selbst hatte aufgehört; dafür war nun ein leuchtender Vollmond zu sehen, der die Straßenlaternen eigentlich überflüssig machte. Beatrice war mehr als nur beschwipst und redete fast ununterbrochen von Christoph. Den eiskalten Wind bemerkte sie kaum. Sie dachte auch nicht daran nach Mike zu fragen.

Nach gut zehn Minuten bogen sie in die kleine Altstadtgasse ein, in der Beatrice wohnte. Mit Hilfe ihrer Freundin fand sie das Schlüsselloch der Haustür und bewältigte auch die nach oben hin immer schmaler und steiler werdende Treppe zu ihrer Wohnung.

Beatrice ließ sich auf das Sofa fallen. „Was für ein wunderbarer Abend! Wenn ich daran denke, dass ich bis vor drei Wochen hier nur Trübsal geblasen habe und schon richtig depressiv geworden war, kann ich es kaum glauben."

„Das ist jetzt vorbei", sagte Malia, „daran brauchst du nicht mehr zu denken." Sie ging zu ihrer Tasche und holte eine Flasche Wein heraus, stellte sie auf den Tisch vor dem Sofa und ging in die Küche.

„Malia, du bist ja verrückt", gluckste Beatrice. „Willst du den etwa jetzt noch aufmachen?! Ich bin ja jetzt schon ganz betrunken. Mir dreht sich alles; wenn ich die Augen zumache, fahr' ich Karussell."

Ihre Freundin kam zurück, brachte zwei Gläser mit und setzte sich zu ihr auf das Sofa. „So etwas Gutes kann man immer trinken", sagte sie mit unwiderstehlichem Lächeln.

Wie sie ihr so gegenüber saß und sie mit ihren dunklen Augen anschaute, kam ihr Malia vor wie eine orientalische Prinzessin aus Tausend und einer Nacht. Das Make-up der schönen Südländerin war weit mehr darauf bedacht, eine geheimnisvoll-erotische Ausstrahlung zu erzeugen, als dass es das Gräuliche der Vampirfigur unterstrichen hätte. Die langen, pechschwarzen Haare fielen ihr über die Schultern und das tiefdekolletierte Kleid betonte die Rundungen des Busens.

„Das ist ein Rotwein. Der ist doch meistens trocken. Du weißt ja, dass ich nur süßen Wein mag."

„Es gibt auch süße Rotweine."

„Und der ist süß?"

„Rot und süß und süffig. Probier nur." Malia hatte bereits die Gläser gefüllt und gab eines an Beatrice.

Sie trank. Der Wein schmeckte nach Lakritz, Rosinen und Zimt und verursachte ein Gefühl wohliger Wärme im Körper, das ihr höchstes Wohlbehagen bereitete. „Mmm, ja, der ist lecker."

„Siehst du, ich weiß doch, was dir gut tut." Malia legte den Arm um sie und gab ihr einen Kuss auf die Wange.

„Uups, was machst du denn?!" Sie roch den betörend-süßlichen Duft von Malias Parfüm und spürte den anderen Körper an ihrem eigenen. Sie schloß die Augen und fühlte sich wie im Kreis herumgedreht. Sie öffnete die Augen wieder und trank ihr Glas aus. Sie sah zu, wie das Glas in ihren Händen erneut gefüllt wurde und trank nochmals. Sie spürte Malias Lippen und sie spürte Malias Hände. Dann drehte sich das Zimmer um sie herum, drehte sich schneller und immer schneller und ihre Sinne wurden eins mit dem wirbelnden Kreisen …

III

Das Erste, was Beatrice wahrnahm, war Kopfschmerz. Kopfschmerz, als ob eine tonnenschwere Stahlplatte auf ihrem Schädel liegen würde. Sie öffnete die Augen; im Zimmer war es taghell. Wann und wie sie in ihr Bett gekommen war, daran konnte sie sich nicht erinnern. Filmriss. Sie stand auf und wäre fast wieder umgekippt, so schwindlig war ihr. In jeder Beziehung fühlte sie sich hundeelend. Als sie ihre Kleider wild verstreut auf dem Fußboden liegen sah, bemerkte sie, dass sie nackt war. Sonst schlief sie nie nackt, aber letzte Nacht noch den Pyjama anzuziehen, das hatte sie wohl nicht mehr geschafft. Sie ließ sich zurück auf das Bett fallen und blieb einen Moment liegen. Das Betttuch was zerwühlt und zeigte einige kleine Blutflecken. Offenbar hatte sie sich beim Ausziehen irgendwie verletzt. Dann fiel ihr ein, dass sie nicht allein war und schaute nach Malia. Da sie eine Einzimmerwohnung hatte, befand sich alles außer Küche und Bad in einem Raum. Ihre Freundin lag auf dem Sofa und schlief, zugedeckt mit der Decke, die Beatrice schon gestern Abend bereitgelegt hatte. Auf dem Tisch stand die leere Weinflasche und die beiden Gläser. Auch Malias Kleidungsstücke lagen unordentlich verteilt auf dem Boden. Beatrice rappelte sich auf und ging schnell zum Kleiderschrank, um etwas zum Anziehen herauszuholen. Nachdem sie in frische Sachen geschlüpft war, sammelte sie die alten ein. Ihr Spinnenkostüm war teilweise zerrissen. Sie warf alles in den Waschkorb im Bad und ging in die Küche, um sich einen grünen Tee zu machen.

Sie brachte das Teewasser zum Kochen, ließ es zwei Minuten abkühlen, goss den Tee in einer Glaskanne auf, wartete wieder zwei Minuten und füllte dann das Getränk in eine Tasse. Der Tee war noch recht heiß, aber durch die ganze Zubereitungsprozedur doch schon so weit abgekühlt, dass sie vorsichtig in kleinen Zügen trinken konnte. Das heiße Getränk tat ihr ungemein wohl; sie hatte das Gefühl, dass es ihr Schluck für Schluck neue Kräfte einflößte.

Zurück im Wohnzimmer setzte sie sich neben ihre immer noch schlafende Freundin auf das freie Ende des Sofas und trank langsam ihren Tee. Malia begann sich zu regen, räkelte und streckte sich, gähnte und schnurrte höchst zufrieden und öffnete schließlich die Augen.

„Guten Morgen ... Schon Tag? Ich habe wunderbar geschlafen, mmm ...“

„Guten Morgen, dir scheint es ja richtig gut zu gehen. Von mir kann ich das heute wirklich nicht sagen.“

„Hast du nicht gut geschlafen?“

„Geschlafen habe ich schon, wie eine Tote. Und so ähnlich fühle ich mich jetzt auch, also das heißt, so etwa als ob man mich zuerst verprügelt und anschließend mit einer Dampfwalze überfahren hätte.“

Malia lachte. „Sollte dir der Wein nicht bekommen sein?“

„Oh ja, der Wein ... Wie konnte ich nur ... Wie konntest du nur? Du weißt doch, dass ich nicht so viel Alkohol vertrage. Ich hatte genug auf dem Vampirball.“

„Nun, zumindest heute Nacht hat dir der Wein noch sehr

gut geschmeckt. Manchmal muss man eben auch einen kleinen Preis zahlen für sein Vergnügen. Was ist schon ein bisschen Kopfweh für eine so herrliche Nacht?"

„Über ein *bisschen* Kopfweh würde ich auch bestimmt nicht klagen. Aber ich sehe schon, bei dir finde ich wenig Verständnis für meinen Zustand." Sie stellte die leere Tasse auf den Tisch und ließ sich zurückfallen gegen die Sofalehne.

Malia schlug die Decke zurück, stand auf und sammelte ihre Kleider vom Boden ein. Im Gegensatz zu Beatrice hatte sie keine Eile, ihre Blöße zu bedecken. Sie bückte sich nach ihrem schwarzen Spitzentanga, erhob sich wieder, ging zu ihrem zwei Meter entfernt liegenden Büstenhalter, griff zuletzt nach dem achtlos hingeworfenen Vampirkostüm und holte schließlich ihre Tasche, um alles hineinzustopfen. Vom Sofa aus warf Beatrice einige verstohlene Blicke auf die schlanke Figur ihrer Freundin. Diese war von ungewöhnlich ebenmäßigem Bau und wirkte sehr geschmeidig. Die Farbe der Haut war ein helles Rehbraun, die festen Brüste glichen zwei Halbkugeln, in deren Mitte sich deutlich die großen dunkelbraunen Kreise der Brustwarzen abzeichneten. Das Schamhaar zwischen den langen Beinen hatte einen feinen Seidenglanz, wie das weiche Fell einer schwarzen Katze …

„Wie sieht es mit Frühstück aus? Ich habe einen Riesenhunger!" Malia hatte sich ihren Tangaslip angezogen und war gerade dabei, den Verschluß ihres BHs zusammenzuhaken.

„Ja, ich dachte, dass wir zum Frühstücken in ein Café gehen. Für mich lohnt es sich zwar nicht, denn ich habe kaum Hunger, aber wenn du so hungrig bist, dann wird es wohl das Beste sein."

Malia duschte noch, dann verließen sie die Wohnung.

Im Café Altstadt hatten sie gerade noch einen kleinen Tisch für zwei Personen bekommen. Da es bereits Mittagszeit war, waren auch die meisten Langschläfer schon auf den Beinen und stärkten sich mit allerlei Frühstück oder Brunch. Malia aß mit großem Appetit ein Englisches Frühstück: Spiegeleier mit Speck und Würstchen, Grilltomate, Toastbrot mit Butter und Orangenmarmelade. Beatrice knabberte an einem Croissant und trank eine Tasse Kaffee.

Soeben verschwand das letzte Stückchen des Würstchens im Mund der hungrigen Genießerin. „Im Historischen Museum gibt es zur Zeit eine Sonderausstellung über den Sonnenkönig. Die würde ich mir sehr gerne ansehen. Wollen wir da heute noch hingehen?"

Natürlich wollte Beatrice nicht ins Museum. Malia sah wohl ein, dass mit ihrer verkaterten Freundin an diesem Tag nicht mehr viel anzufangen war, denn sie versuchte nicht, sie zu überreden. Sie bezahlten und gingen direkt zurück in die Wohnung. Die trinkfeste Nachtschwärmerin packte ihre Sachen, prophezeite ihrer Freundin aufmunternd, dass es ihr schon bald wieder besser gehen würde und verabschiedete sich. Beatrice legte sich auf das Sofa und fiel schnell in einen erholsamen Schlaf.

IV

Das Klingeln des Telefons weckte sie. Sie hatte gut geschlafen und es war nicht nett, so abrupt aus dem wohltuenden Schlummer gerissen zu werden, aber als sie aufstand, hatte sie immerhin das Gefühl, dass es ihr schon viel besser ging. Mittlerweile war es dunkel, nur das Mondlicht erhellte noch ein wenig den Raum. Sie nahm den Hörer ab und meldete sich. Christoph war am Apparat.

„Hallo Beatrice, hier ist Christoph. Wie geht es dir? Seid ihr letzte Nacht gut nach Hause gekommen?"

„Hallo, ja, nach Hause gekommen sind wir noch ganz gut, aber mir geht es heute alles andere als gut. Na, zumindest heute Vormittag war es so, jetzt ist es wieder besser. Ich habe mich unklugerweise von Malia verleiten lassen, hier noch Wein zu trinken. Dementsprechend habe ich mich nach dem Aufstehen gefühlt: wie eine richtige Schnapsleiche."

„Dann bin ich ja froh, dass du jetzt wieder von den Toten auferstanden bist", lachte Christoph. „Hoffentlich bist du nicht zum Vampir geworden", scherzte er. „Wer einen Ball der Untoten besucht, muss mit so was ja wohl rechnen."

Beatrice ging auf seinen Scherz ein. „Ja, ja, das mag so sein", antwortete sie trocken. „Vergiss nicht, dass auch du auf dem Ball warst", fügte sie neckisch hinzu, „wer weiß, was aus *dir* noch alles wird."

„*Ich* habe mich überhaupt nicht wie eine Leiche gefühlt,

im Gegenteil, ich fühle mich schon den ganzen Tag großartig!" Einen Moment herrschte Stille. „Und wie geht es deiner Freundin?"

„Sie hat lange geschlafen, aber als sie schließlich wach war, war sie fitter denn je. Erstaunlich eigentlich, denn sie hat doch auch einiges getrunken."

„Wahrscheinlich ist sie es gewohnt ... Hast du Lust, nächste Woche ins Kino zu gehen?"

Sie verabredeten sich für Dienstagabend.

Am nächsten Morgen ging es Beatrice wieder gut und mittags kam sie wohlgelaunt in die Kantine. Malia freute sich darüber und war noch freundlicher als sonst. Beatrice erinnerte sich jetzt auch daran, dass ja auch ihre Freundin jemand kennen gelernt hatte. Zwar hatte dieser Mike einen ziemlich unsympathischen Eindruck auf sie gemacht, aber nachdem sie selbst schon so viel von Christoph geredet hatte, hielt sie es auf alle Fälle für angebracht, sich auch mal nach dem Menschen zu erkundigen, der fast den ganzen Ballabend an Malias Seite gewesen war.

„Mike ist Musiker und spielt Saxophon in einer Rockband", erzählte Malia. „Hauptsächlich arbeitet er aber als Studiomusiker und ist oft an Aufnahmen von bekannten Künstlern beteiligt."

„Gefällt er dir? Bist du in ihn verliebt?"

„So schnell verliebe ich mich nicht in irgend jemanden. Aber Mike hat etwas, das mich reizt. Deshalb freue ich mich schon darauf, ihn wiederzusehen."

„Habt ihr gestern schon telefoniert? Oder ruft er dich noch an? Ach Quatsch, was rede ich? Du hast doch gar kein Telefon!"

Malia lächelte. „Wir haben noch nicht telefoniert, aber ich

werde ihn anrufen." Sie schwieg. „So herum ist mir das auch lieber", fügte sie hinzu.

„Wann bekommst du eigentlich endlich ein Telefon?"

Malia zuckte die Achseln. „Manchmal dauert es halt etwas länger", meinte sie gelassen.

Beatrice war aufgeregt und hatte Herzklopfen, als sie und Christoph das Kino verließen. Selbst die alltäglichsten und einfachsten Dinge drohten irgendwie schiefzugehen. Sie hätte die Handlung des Films, den sie eben gesehen hatten, nicht nacherzählen können.

„Wollen wir am Freitag zusammen essen gehen?", fragte er und sah sie mit seinen strahlend blauen Augen an.

Am Freitag gingen sie italienisch essen und hielten Händchen. Natürlich hatte Beatrice auch Zeit, als er sie für Samstag ins Theater einlud. Die Karten für ein ganz bestimmtes Theaterstück hatte Christoph schon länger, denn er hatte ursprünglich mit einem Freund hingehen wollen, aber der war jetzt gerade krank geworden. Zwar hatte Malia an diesem Abend auch mit ihr ausgehen wollen, aber der hatte sie nicht zugesagt und sich den Termin freigehalten. Malia hatte das allerdings gar nicht gefallen. Richtig böse hatte sie geschaut, als Beatrice ihr gesagt hatte, dass sie ja vielleicht wieder Christoph treffen würde.

Die Aufführung am Samstag begann erst um 21 Uhr und dauerte lange. Als sie das Theater verließen, war es bereits nach Mitternacht.

„Jetzt ist leider meine letzte Straßenbahn schon weg",

meinte Christoph und kratzte sich am Kopf. „Kann ich vielleicht bei dir schlafen?"

Beatrice war doch etwas überrascht, da sie damit nicht gerechnet hatte.

„... also ..., gut, wenn du anständig bist, kannst du auch bei mir bleiben."

Sie liefen händchenhaltend Richtung Altstadt.

„Macht es dir wirklich nichts aus, wenn ich dableibe?"

„Nein, nein, bleib ruhig da", erwiderte sie eifrig.

Sie beeilten sich, in die Wohnung zu kommen. Schließlich war es immer noch Februar und dementsprechend kalt, und eben fing es wieder an zu schneien.

Malia und Mike saßen in der UnheilBar. Sie hatten auf den hohen Barhockern direkt an der Theke Platz genommen und tranken Cocktails mit Absinth.

„Du hast ja wirklich eine ganze Menge Selbstbewußtsein, woher nimmst du das denn?"

„Das Selbstbewußtsein geben mir die Frauen", protzte Mike. Wenn irgend möglich, war sein Grinsen noch breiter als sonst.

„Aha, du nimmst wohl mit, was du kriegen kannst?", fragte Malia mit undurchsichtigem Lächeln. Ein aufmerksamer Zuhörer hätte vielleicht das gefährliche Lauern in ihrer Stimme bemerkt.

„Fällt mir nicht ein! Die Frauen müssen schon sehr gut aussehen; mit Durchschnittsware geb' ich mich nicht ab!" Er schaffte es tatsächlich, sein Grinsen noch zu intensivieren.

„Sieh an, ein richtiger Macho. Ich wette, emanzipierte Frauen sind überhaupt nicht dein Ding?"

„*Why not?* Wenn sie unbedingt oben liegen wollen, ist das

für mich auch o.k." Sein Grinsen war jetzt unmöglich noch zu steigern.

Malia trank ihr Glas aus und schaute ihn dabei mit einem Blick an, der seine Mundwinkel zumindest ein wenig absinken ließ.

„Zahlst du mir noch einen Absinth?", fragte sie keck.

Mike zahlte gerne einen zweiten Absinth. Auch einen dritten. Beim vierten wurde er dann doch langsam ungeduldig und bemühte sich zunehmend, auf Tuchfühlung zu gehen.

„Ich wohne auf der anderen Seite des Flusses", sagte sie endlich und schaute ihm tief in die Augen. „Kommst du mit?"

Seine Mundwinkel schnellten in die Höhe.

Wenige Minuten später verließen sie das Café und gingen in Richtung Fluss. Mike trug eine schwarze Lederjacke und Malia einen langen Mantel, ebenfalls aus schwarzem Leder. Es schneite leicht. Als sie über den Marktplatz schritten, sah Malia wie auf einer Seite des Platzes gerade ein Paar eilig in einer kleinen Seitengasse verschwand. Beatrice und Christoph. Ihre Augen funkelten böse.

Beatrice und Christoph stiegen zügig die Treppe des Altstadthauses hinauf, um rasch in die behagliche Wärme des Dachapartments zu kommen. Auf ihren Köpfen und Schultern hatten sich schon viele nasse Schneeflocken niedergelassen.

Als sie endlich in der Wohnung waren, gab es keine großen Worte mehr. Er nahm sie in den Arm und küsste sie leidenschaftlich. Sie erwiderte den Kuss mit Inbrunst. Eng umschlungen und sich immerfort küssend torkelten sie zum Bett und wären auf dem Weg dorthin fast gestürzt, als sie über Beatrice' Hausschuhe stolperten. Sie ließen sich aufs Bett fallen und liebkosten sich weiter, während er sich daran machte, sie nach und nach ihrer Kleider zu entledigen, wobei natürlich auch seine eigenen Stück für Stück auf dem Fußboden landeten.

„Autsch", rief Beatrice, „du hast mich in die Lippe gebissen!"

„Ich hab dich zum Fressen gern", antwortete er, biss ihr liebevoll in den Hals und lächelte sie frech an.

„Ich glaube, du bist wirklich ein Vampir, du hast ja ganz spitze Zähne", feixte sie.

Offenbar fiel ihm darauf nichts ein, denn anstatt etwas zu sagen, küsste er die Spitzen ihrer kleinen, festen Brüste und machte sich dann an ihrem Schlüpfer zu schaffen, um auch das letzte Hindernis zu beseitigen, das sich noch zwischen ihm und dem Ziel, welches er in diesem Moment am meisten begehrte, befand …

Nachdem Malia und Mike die alte Steinbrücke überquert hatten, bog sie vom Gehweg ab und ging auf die schneebedeckte Uferwiese.

„Komm mit, ich kenne ein lauschiges Plätzchen direkt am Wasser."

Mikes Mundwinkel fielen herab. Sein Mund öffnete sich ein Stück, aber es dauerte einen Moment, bevor Worte herauskamen.

„… was zum Henker … Ey, ich dachte, wir wollen zu dir! Verdammt, warte doch!" Malia war unbeirrt weitergelaufen. Er rannte ihr nach.

„Hey Baby, wenn du es im Freien treiben willst, dann muss das aber wirklich 'ne ganz heiße Nummer werden!

Ich hab' echt nichts gegen Natur und so, aber es ist saukalt und schneit immer stärker!"

„Hast du Angst, dass dir in der Kälte irgendwas einschrumpft?"

Murrend lief er neben ihr her. So eine abgefahrene Braut war ihm noch nie untergekommen. Wenn ihn die rassige Schwarzhaarige nicht dermaßen anschärfen würde, dann würde er solche Stories nicht mitmachen. Immerhin hatte er morgen Abend ein Konzert mit seiner Band und keine Lust, sich eine Erkältung zu holen.

Rasch waren sie am Wasser. Der Fluss führte leichtes Hochwasser und strömte schnell dahin. Der Blick in die dunklen Fluten verursachte Mike Unbehagen. Mußte eiskalt sein, das Wasser. Seine Begleiterin beschleunigte ihre Schritte.

Nach einigen Minuten erreichten sie ein gut mannshohes Gebüsch direkt am Ufer. Malia schlüpfte durch die Sträucher, Mike folgte ihr. Hier gab es einen kleinen Platz zwischen dem Ufer und dem Buschwerk, eine Art Lichtung von etwa zwei auf drei Metern. Vom Weg oder der Wiese aus konnte man nicht gesehen werden. Direkt gegenüber lag in einiger Entfernung eine wenigstens hundert Meter lange, bewaldete Insel im Fluss. Auch von dieser Seite brauchte man also keine Zuschauer zu befürchten. Der nicht mehr ganz volle Mond war hinter den Schneewolken noch schwach zu erkennen und warf ein fahles Licht über das Wasser.

„Nicht übel", knurrte Mike. „Ich wette, der Yeti würde hier zu Hochform auflaufen." Plötzlich fand er sein altes Grinsen wieder. „Da hab' ich ja echt Glück, dass du so ein heißes Teil bist."

„Erzähl keine Geschichten, komm her", sagte Malia und zog ihn auf den verschneiten Boden.

Sie küssten sich lange und intensiv. Beide hatten eine Menge Praxis. Dann bewegte Malia ihren Mund langsam von seinem weg und bedeckte seine linke Wange mit feinen Küssen. Ihre Lippen wanderten tiefer und tiefer und verwöhnten seinen Hals mit zärtlichen kleinen Bissen.

„Mmm, meine Rassekatze, mein Schwarzer Panther", murmelte er wollüstig.

Ihre Lippen und ihre Zähne umschlossen seinen Adamsapfel. Weiter und immer weiter öffnete sich ihr Kiefer, so weit wie man es nur von einer Schlange, aber nicht von einem Menschen kennt.

Sie biss zu. Mit aller Kraft. Ihre Zähne drangen durch Haut, Fleisch, Adern und Knorpel. Das Blut schoß aus der Wunde.

Ein krampfhaftes Zucken durchlief den unter ihr liegenden Körper. Ein krächzendes Gurgeln war zu hören. Für die Zeit eines Herzschlages wollte er sich wehren, versuchten seine Hände, sich in ihren Rücken zu krallen.

Dann ließ der Schock ihn erstarren. Er bewegte sich fast nicht mehr. Lediglich leichte Konvulsionen durchzitterten noch seinen Körper.

Malia trank. Gierig saugte sie sein Lebensblut aus ihm heraus. Das Blut besudelte ihr Gesicht und lief an seinem Hals hinunter in den Schnee. Es war genügend vorhanden, um einen großen Blutdurst zu stillen. Sie trank und trank. Als sie endlich genug hatte, löste sie ihre Zähne aus seinem zerfleischten Hals, holte mit geschlossenen Augen tief Luft, rollte sich von ihm herunter und blieb schwer atmend auf dem Rücken liegen. Große kalte Schneeflocken fielen aus dem Nachthimmel auf sie herab und schienen ihr verschmutztes Gesicht reinwaschen zu wollen.

So lagen sie eine Minute nebeneinander.

Mike bewegte sich leicht. Ein leises Röcheln war zu hören. Malia stand auf, stellte sich mit gespreizten Beinen über den am Boden liegenden Körper, blickte auf ihn herab und setzte sich dann auf seine Lenden nieder. Sie fasste mit beiden Händen den Kragen seiner Jacke und zog den Oberkörper ein Stück zu sich herauf. Noch immer kam Blut aus seiner klaffenden Wunde am Hals und auch aus seinem Mund. Er blickte mit brechenden, verständnislosen Augen in ein Gesicht, auf dem sich diabolischer Jubel abzeichnete. Sein Mund bewegte sich kaum merklich, so als wolle er noch etwas sagen. Aber es war nur die Stimme seiner Verderberin, die man hörte.

„Adieu mein Großer. Gleich spielst du das Lied vom Tod. Ich weiß, du hältst dich für einen ganz Bösen, aber *ich* bin noch tausendmal böser als du."

Dann lachte sie laut ihren Spott heraus und noch während sie so die Nacht mit ihrer ruchlosen Freude erfüllte, erhob sie sich und schleuderte den unter ihr Liegenden mit einer einzigen kraft- und schwungvollen Bewegung ins Wasser.

Schnell war Mike in den dunklen Fluten verschwunden.

V

Ein kalter, aber sehr sonniger Sonntag lockte die Menschen in Scharen ins Freie.

Beatrice und Christoph kamen vom Frühstück im Café Altstadt und überquerten die Brücke, um einen Spaziergang am Fluß zu machen. Mittag war schon vorüber; sie hatten sich Zeit gelassen mit dem Aufstehen und Frühstücken. Der Tag war klar und die Sonne schien strahlend und sorgte am Boden durch den Schnee und die spiegelnde Wasseroberfläche für ein geradezu gleißendes Licht, hatte aber noch nicht die Wärme, um die Schneedecke auf der Uferwiese zum Schmelzen zu bringen. Und geschneit hatte es eine Menge in der vergangenen Nacht. Auf der Wiese zwischen dem Weg und dem Wasser herrschte ein reges Treiben. Große und kleine Gruppen von Ausflüglern stapften durch das glitzernde Weiß. Kinder versuchten hartnäckig, aber vergeblich, aus dem pulvrigen Schnee Kugeln zu rollen und Schneebälle zu machen. Einige Reiter auf schnaubenden Rossen hatten ein Vergnügen daran, ihre Tiere durch die zuckerige Substanz traben zu lassen.

Beatrice und Christoph gingen den ganzen Mittag spazieren und genossen den Sonnenschein. Für eine Stunde unterbrachen sie ihre Promenade, um sich in einem Café bei heißer Schokolade und Kuchen aufzuwärmen. Hier trafen sie Silke, eine Kollegin, mit der sich Beatrice von Anfang an recht gut verstanden hatte. Allerdings hatte Silke einen Mann und zwei Kinder und dazu noch einen schon großen Bekanntenkreis, deshalb hatten sie sich nie außerhalb der Arbeit getroffen.

Als sie das Café verließen, dämmerte es bereits. Beginnendes Abendrot zeigte sich am westlichen Himmel. Sie gingen über die Wiese auf das Ufer zu, um das wunderbare Farbenspiel am Wasser zu genießen. Die Farbe des Himmels wandelte sich langsam von blassem Orange zu feurigem Rot. Das versinkende Tagesgestirn goss Blut über das Wasser aus. Eine schlanke Gestalt in schwarzem Mantel stand direkt am Ufer und schaute in Richtung des Sonnenuntergangs.

„Ist das nicht deine Freundin?"

„Ja, ich glaube, sie ist es. Lass uns zu ihr gehen."

Malia stand mit dem Rücken zu ihnen. Fast hatten sie sie erreicht, da drehte sie sich schon um und blickte ihnen gerade in die Gesichter. Sie sagte nichts, zeigte weder Überraschung noch Freude, sondern wartete regungslos auf die Begrüßung.

Sie sagten einander hallo und wechselten einige belanglose Worte. Beatrice hatte zumindest ein wenig ein schlechtes Gewissen, weil sie, kaum dass sie jemand kennengelernt hatte, schon das ganze Wochenende über keine Zeit mehr für ihre Freundin gehabt hatte. Du hast deine Schuldigkeit getan, du kannst gehen. Sie nahm sich fest vor, Malia in Zukunft nicht völlig zu vernachlässigen und fragte sich nebenbei, was wohl aus der Sache mit diesem Mike geworden war.

Christoph merkte, dass er der Grund für eine Disharmonie in der Freundschaft der beiden Frauen war. Zuerst versuchte er, durch Freundlichkeit und gute Laune Sympathie zu gewinnen, aber er erntete von Malia bestenfalls gleichgültige, wenn nicht gar böse Blicke für seine Bemühungen. Obwohl er (wie die meisten Männer) durchaus für die Reize von allgemein als gutaussehend geltenden Frauen empfänglich war und sich selbst insgeheim eingestand, dass er in dieser Beziehung von Malia beeindruckt war, spürte er in ihrer Gegenwart ein Unbehagen, das sich nicht ausreichend mit Worten wie „sympathisch" oder „unsympathisch" erklären ließ. Einmal schaute sie ihm für einige Sekunden direkt in die Augen, ihr Gesicht ohne einen anderen Ausdruck als hohe Konzentration, wie jemand, der einen schwierigen Text liest. Tief in seinem Innersten spürte er bei diesem Blick eine Bedrohung, die er nicht näher hätte beschreiben können, denn sie hatte keine Ähnlichkeit mit den Dingen, die ihm bis jetzt Sorgen oder gar Furcht im Leben bereitet hatten. Es war, als stünde er an einer Schlucht mit einem endlos tiefen Abgrund und sähe auf der anderen Seite entsetzliche Wesen aus der Totenwelt, die ihre Hände nach ihm ausstreckten. Noch konnten sie ihn nicht erreichen, aber was, wenn sie den Abgrund überwänden ...?

Nach einigen Minuten verabschiedeten sie sich voneinander. Beatrice und Christoph machten sich auf den Rückweg in Richtung Stadtmitte. Er hatte von dort aus noch ein Stück Weg mit der Straßenbahn zum Stadtteil Talheim zurückzulegen.

„Ich rufe dich später noch mal an und sage dir gute Nacht", sagte sie und drückte sich an ihn.

„Liebes, ich muss heute Abend dringend noch etwas arbeiten, am PC, Vorbereitung für morgen ... Es wäre mir sehr recht, wenn du heute nicht mehr anrufst. Ich würde es auch gar nicht hören, denn ich stelle den Klingelton des Telefons immer ab, wenn ich abends arbeite. Ich kann da wirklich keinerlei Störung gebrauchen, wenn ich mich konzentrieren und mit der Arbeit vorankommen möchte."

„Na, für einen telefonischen Gutenachtkuss wirst du doch wohl noch Zeit haben. Du kannst ja mich anrufen, wenn du dein Telefon abgestellt hast."

„Bitte versteh' das nicht falsch und nimm' es mir nicht übel, aber für mich ist es normal, wenn ich auch am Wochenende arbeite, und wenn ich es tagsüber nicht mache, dann muss ich es abends machen. Ich habe heute wirklich noch ein ordentliches Programm und möchte mich ganz darauf konzentrieren. Ich rufe dich morgen Abend an."

Beatrice war ein wenig konsterniert. „Na gut, dann bis morgen …"

Auch Christoph war betreten und sagte nichts mehr. Da kam auch schon die Straßenbahn. Sie gaben sich einen Kuss, sagten nochmals „Bis morgen", dann stieg er ein.

Dieser Abschied war ein großer Wermutstropfen in den Kelch der Freude, aus dem Beatrice schon seit einer Woche getrunken hatte.

Nachdenklich ging sie nach Hause.

In der Nacht schlug das Wetter wieder um. Am frühen Morgen fiel leichter Schneeregen, als Christoph in einem der weniger zentralen Stadtteile auf die Straßenbahn nach Talheim wartete. Er hielt sich abseits von den anderen Wartenden und war hinter seinem großen schwarzen Regenschirm kaum zu sehen. Pünktlich kam die Bahn. Er wartete, bis die Aussteigenden den Eingang freigemacht hatten, klappte den Schirm zu und stieg selbst schnell ein. Die Frau, die ihn grüßen wollte, bemerkte er nicht.

VI

„Arbeitet dein Freund nachts?", fragte Silke.

„Nein, er ist bei einer Bank. Wieso, wie kommst du darauf?"

„Ich habe ihn heute morgen gesehen, als ich aus der Straßenbahn ausstieg. Er stieg gerade ein."

„Wahrscheinlich ist er auch zur Arbeit gefahren."

„Die Bahn ging nach Talheim; wohnt er nicht dort? Das hat er gestern doch gesagt? Außerdem fängt man bei den Banken nicht so früh an. Ich war heute selber besonders früh dran."

„Da kann ich jetzt nichts dazu sagen … Keine Ahnung…"

Beatrice ging mit einem Stapel Arbeitsmappen zurück in ihr Büro. Den Computer hatte sie schon zuvor eingeschaltet und er war mittlerweile hochgefahren. Unkonzentriert fing sie an zu arbeiten und machte eine Menge Fehler. Sie war froh, als es Zeit für die Mittagspause war und ging in die Kantine, um Malia zu treffen.

Beide entboten sich ein freundliches hallo.

„Du wirkst bedrückt", stellte ihre Freundin fest, als sie beim Essen saßen.

Einen Augenblick zögerte Beatrice, dann nannte sie den Grund, ohne jedoch Genaueres zu erzählen.

„Wegen Christoph. Einerseits war es wirklich ein sehr schönes Wochenende, aber ich werde nicht richtig schlau aus ihm ... Ich habe zwar das Gefühl, dass er mich wirklich mag, aber dann zweifle ich doch wieder daran, ob er es wirklich ernst meint, oder ob er ganz anders ist ... ganz anders denkt, als ich denke ..." Sie brach ab.

Malia hatte zugehört und schaute jetzt nachdenklich, mit einem träumerischen, fast traurigen Gesichtsausdruck, wie ihn Beatrice noch nie bei ihr gesehen hatte, aus dem Fenster. Dünner Schnee wehte nass aus dem bleichen Himmel. Draußen erstreckte sich der städtische Hauptfriedhof, der direkt an die Kantine grenzte. Ein ausgedehntes Feld mit schlichten und gleichförmigen Soldatengräbern befand sich auf der linken Seite, rechts die Familiengräber der alteingesessenen und vermögenden Geschlechter, mit geradezu monumentalen Gedenksteinen, Engeln und Heiligenfiguren versehen. Im Hintergrund sah man die gespenstisch wirkenden Grabsteine des Judenfriedhofes, alt, viele schief, fast alle mit Moosen und Flechten überwachsen, ohne die bei anderen Gräbern üblichen Pflanzen, Weihwassergefäße und Kerzen. Auf den Wegen zwischen den Grabmalen fütterten viele Friedhofsbesucher die zutraulichen Spatzen und Eichhörnchen, die entgegen ihrer scheuen Natur aus der Hand fraßen, um an das begehrte und dabei doch so ungesunde Weißbrot zu kommen. Der Schnee erweckte noch mehr, als es beim Anblick dieses Ortes ohnehin schon der Fall war, ein Gefühl des Friedens, aber vor allem auch der Melancholie.

Malia begann mit ruhiger Stimme zu sprechen. „In jeder Beziehung ist immer einer ein bisschen verliebter als der andere. Mal ein bisschen mehr, mal eben wirklich nur ein bisschen. Oder auch deutlich mehr als nur ein bisschen. Meist aus Eigennutz, oft aus unsinniger Verblendung, manchmal aus reiner Dummheit. Das ist normal. Es ist kein Grund, die Flinte ins Korn zu werfen, wenn man denkt, dass es so ist. Solange man Leben in sich spürt, muss man für das, was man will, kämpfen. Die Menschen sind eben verschieden. Keine zwei sind genau gleich und wollen genau das Gleiche. Erst der Tod macht alle gleich." Sie schwieg einen Moment. „Auch ist immer einer der Stärkere. Manchmal ist der Verliebtere der Stärkere, manchmal der andere. Am leidenschaftlichsten ist der, der stark und verliebt ist."

„Du hast es wirklich schon besser geschafft, mich aufzuheitern", seufzte Beatrice. „Was du da sagst, hört sich für mich irgendwie überhaupt nicht schön an. In der Liebe habe ich halt noch immer meine Ideale."

„Ideale sind oft nur Illusionen." Noch immer sah Malia aus dem Fenster und betrachtete den Friedhof. „Schon viele haben sich von schönen Reden, Versprechungen und Hoffnungen täuschen lassen und sind am Ende daran zerbrochen, dass es nicht so war, wie sie sich vorgestellt hatten." Wieder schwieg sie für einen Moment. „Auch ich habe meine Erfahrungen gemacht, aber die ließen mich auch zu dem werden, was ich heute bin." Sie drehte ihr Gesicht wieder der ihr gegenübersitzenden Beatrice zu. Ihr Blick war jetzt wieder fest und hatte nichts Trauriges mehr an sich. Ihre Stimme klang aggressiv und gefährlich. „Ich lasse mir von niemandem mehr etwas vormachen, und du solltest das auch nicht! Dein Freund hat dir Wunder was erzählt, nur nicht die Wahrheit. Ich habe es in seinen Augen gesehen. Ich bin eine gute Menschenkennerin!" Sie wendete sich wieder ihrem Essen zu.

Beatrice war durch diese unverblümte Behauptung vor den Kopf gestoßen, widersprach aber nicht. Seit gestern Abend hatte sie ja schon von sich aus Zweifel gehabt. Dann sagte sie sich, dass sie Christoph ja erst seit einer guten Woche kenne und jetzt einfach in jeder Beziehung mal auf dem Teppich bleiben müsse. Das Wochenende war sehr schön gewesen, ein Überschwang der Gefühle, aber nun hieß es mal sehen, wie es weitergehen würde. Vielleicht würde sich ihr Misstrauen ja bald als unbegründet herausstellen und ein ganz banaler Grund für Silkes Beobachtung finden. Auf jeden Fall fand sie es immer noch besser, wenn man wenigstens versuchte, seine Ideale zu erreichen, als sie schon vorneweg aufzugeben. Aber es war wohl auch ratsam, sich nicht gleich überschwänglich in jemanden zu verlieben, den man kaum kannte. Sie dachte an Malias Bemerkung, als sie sie nach Mike gefragt hatte.

„Ich kenne Christoph erst seit kurzem, bis jetzt war es sehr schön, und nun werde ich mal sehen, wie es weitergeht", sagte sie mit möglichst fester Stimme. „Hast du jetzt eigentlich Mike getroffen?"

„Ja, einmal, es war ein netter Abend, aber es hat sich damit auch erledigt." Malias Stimme klang gelassen, fast wieder freundlich.

„Du musst nicht denken, dass ich jetzt überhaupt keine Zeit mehr für dich habe, weil ich einen Freund habe. Wie wäre es, wenn wir am Freitagabend wieder etwas zusammen unternehmen?"

Malia war einverstanden.

Am Abend rief Christoph an. Beatrice erwähnte nicht, dass Silke ihn am frühen Morgen gesehen hatte. Sie redeten über Alltäglichkeiten. Sie sagte ihm, dass sie diesen Freitag mit ihrer Freundin verbringen wolle, darum verabredeten sie sich für Donnerstag auf ein gemeinsames Abendessen bei ihr zu Hause.

Als sie am Donnerstag von der Arbeit nach Hause kam, war ein Anruf vom ihm auf dem Anrufbeantworter. Er teilte ihr mit, dass es ihm sehr leid täte, aber er könne nicht zum Abendessen kommen, da er heute sehr lange arbeiten müsse. Das hätte sich kurzfristig so ergeben. Sie solle nicht auf ihn warten, er würde sich am Samstag wieder melden. Beatrice war sehr unzufrieden. Gerade hatte sie auf dem Heimweg die Zutaten für das geplante Essen eingekauft: Risotto mit Hackfleisch und frischem Gemüse. Es war jetzt kurz vor vier Uhr. Sie griff zum Telefonbuch, suchte die Nummer der Bank, die Christoph als seinen Arbeitgeber genannt hatte und wählte. Eine freundliche Dame meldete sich.

„Guten Tag, ich würde gerne Herrn Christoph Bürger sprechen. Können sie mich bitte mit ihm verbinden?"

„Einen Moment bitte." Für eine halbe Minute erklang angenehme Musik aus dem Hörer, dann meldete sich die Dame wieder. „Hören sie. Einen Herrn Christoph Bürger gibt es bei uns nicht."

„Aber er arbeitet bei ihnen. Im Aktienbereich."

„Tut mir leid, aber er ist nicht im Telefonverzeichnis."

Beatrice war überrascht und wußte nicht recht, was sie sagen sollte. „Ist ihr Telefonverzeichnis da vielleicht nicht ganz vollständig?", fragte sie.

„Unser Telefonverzeichnis ist da sehr zuverlässig", sagte die Dame im Brustton der Überzeugung.

Beatrice bedankte sich und legte auf. Sie wußte nicht mehr, was sie denken sollte. Ärger und Frust stiegen in ihr auf.

Um zehn versuchte sie, Christoph zu Hause zu erreichen.

Nur der Anrufbeantworter. Sie ging zu Bett und verbrachte eine schlechte Nacht.

VII

„Heute Morgen habe ich wieder deinen Freund gesehen. Mit so einer blonden Frau. Sie stiegen beide in einen schwarzen Golf ein, er als Beifahrer."

„Ah ja." Beatrice wäre froh gewesen, nicht auch noch bei der Arbeit an Christoph erinnert zu werden. Zwar wußte sie immer noch nicht, was das nun alles zu bedeuten hatte, aber desillusioniert war sie seit gestern auf alle Fälle. Sie war froh, an diesem Abend etwas mit Malia unternehmen zu können.

Schon um halb sechs Uhr trafen sie sich, denn sie wollten ins Museum, das Freitags immer bis neun geöffnet hatte. Noch immer gab es die Sonderausstellung über den französischen König Ludwig XIV., den sogenannten Sonnenkönig.

Herrlicher Schmuck, prächtige Kleider, schwere Perücken, Gemälde von bedeutenden Personen, gewaltigen Schlachten, antiken Göttern und mythologischen Begebenheiten sowie aus edlen Metallen gefertigte und mit kostbaren Steinen verzierte Alltagsgegenstände aus der barocken Glitzerwelt des absoluten Monarchen waren zu sehen. Zeugnisse eines verschwenderischen Prunks, in dem eine blutsaugerische Oberschicht zu Lasten des Volkes gelebt hatte.

Beatrice war aber zu sehr mit ihrer Enttäuschung über Christoph beschäftigt, als dass sie sich auf die zahlreichen

Exponate, die in Vitrinen, an den Wänden und auf Podesten ausgestellt waren, hätte angemessen konzentrieren können. Noch die größte Aufmerksamkeit widmete sie zwei kleinen Damenhandtäschchen, neben denen Döschen, Kämme, Scheren, Spangen und Petschaften aus purem Gold und Schildplatt lagen. „Schau nur, wie hübsch", sagte sie zu Malia. Um so interessierter betrachtete Malia die Ausstellungsstücke und las die dazugehörigen Informationstafeln. Besonders lange stand sie vor einem Reisealtar, der ein Hochzeitsgeschenk für die Königin von Frankreich gewesen war. Dessen Kruzifix, die beiden Statuetten spanischer Heiliger sowie die ewige Lampe und das kleine Weihrauchgefäß waren aus Gold und Silber, das Triptychon war auf vergoldetem Holz gemalt und zeigte Szenen der Passion. Eine Zeit lang lauschten sie einer Führung, die gerade gegeben wurde. Malia nicke oft zustimmend, machte aber manchmal auch ein ziemlich kritisches Gesicht, das die Mißbilligung von jemand, der es besser wußte, ausdrückte.

Kurz vor acht verließen sie das Museum. Malia hatte Beatrice für diesen Abend (und auch für die Nacht) zu sich eingeladen und wollte noch etwas kochen. Beatrice war noch nie in der Wohnung ihrer Freundin gewesen und freute sich darauf.

„Lass uns die Fähre nehmen, das geht schneller, als wenn wir bis zur Brücke laufen", sagte Malia.

Sie gingen durch eine der schmalen, kopfsteingepflasterten Gassen zum Fluß hinunter und erreichten die Fähre gerade noch rechtzeitig zur letzten Fahrt an diesem Tag.

„Zurück kann ich euch heute aber nicht mehr bringen", sagte der Fährmann, nachdem sie ihm jede eine Münze gegeben hatten.

„Wir wollen auch gar nicht mehr zurück", antwortete Malia.

Die Fähre brachte sie zum jenseitigen Ufer.

Bis zu Malias Wohnung hatten sie noch einige Minuten zu laufen. Der Weg verlief nahe beim Fluß, ein Stück von den Häusern entfernt. In der Nähe des Wassers wehte im Winter immer ein unangenehmer Wind. Beatrice zog ihren Schal ein Stück nach oben. Die Beleuchtung war schlecht, denn die Laternen standen in großen Abständen voneinander entfernt. Links und rechts waren meist hohe Büsche. Schneereste waren hier und da zu sehen. Im Gebüsch raschelte es, und eine große dicke Ratte mit langem Schwanz rannte vor ihnen über den Weg. Plötzlich sprang eine dunkle Gestalt hinter einem Strauch hervor und verstellte ihnen den Weg. Eine männliche Stimme forderte „Geld her! Keine Faxen!" In der Hand blitzte ein Messer. Beatrice erschrak furchtbar, war aber reflexartig sofort in die andere Richtung zurückgewichen. Da bemerkte sie zu ihrem Entsetzen, dass auch hinter ihnen ein Angreifer aufgetaucht war, der den Fluchtweg versperrte.

Malia ging unbeirrt auf den vorderen Räuber zu. Der trat irritiert einen Schritt zurück. „Verdammt, bleib' stehen! Geld her, hab' ich gesagt!" Einige Augenblicke beherrschte ihn die Überraschung, war Verwunderung auf seinem unrasierten Gesicht zu erkennen, dann hatte er sich wieder gefangen, gab eine Verwünschung von sich und wollte sein Messer in den Oberkörper der Frau vor ihm stoßen. Im gleichen Moment wie die Waffe in des Aggressors rechter Hand schnellte auch Malias linker Arm mit aufgerichteter Hand nach vorne. Beatrice stieß einen Schrei aus und schlug die Hände vor ihr Gesicht, als sie zu sehen glaubte, wie die spitze lange Klinge durch Malias Handteller fuhr. Kaum einen Sekundenbruchteil später war ein zweiter Schrei zu hören, aber dieser kam von dem Angreifer. Ein klingendes Geräusch, als das Messer zu Boden fiel. Beatrice nahm die Hände von den Augen und sah, wie Malia dem Straßenräuber ihre rechte Hand ins Gesicht gekrallt hatte. Mit ihrer linken hielt sie zusätzlich das Handgelenk seines rechten Armes fest. Der Überrumpelte schrie vor Schmerzen und versuchte loszukommen, schaffte es aber nicht. Ohne ihn loszulassen drehte sich Malia mit ihm um und stieß ihn dann mit unglaublicher Kraft von sich, so dass er geradezu an Beatrice vorüberflog und erst mehrere Meter weiter, direkt vor den Füßen seines Kameraden, zu liegen kam. Der war von der unerwarteten Wendung so verblüfft, dass er bis jetzt keinen Versuch gemacht hatte, einzugreifen. Er zögerte noch immer, dann versuchte er, seinen am Boden liegenden Spießgesellen hochzuziehen und ergriff, da er es nicht schaffte, schließlich allein die Flucht.

„Komm, wir gehen weiter", sagte Malia. Ihre Stimme klang nicht erregt.

Beatrice warf einen letzten Blick auf den besiegten Angreifer. Er lag noch immer zusammengekrümmt auf dem Boden und hatte die Hände auf die Augen gepresst. Mit schnellen Schritten entfernten sie sich vom Ort des Überfalls.

„Deine Hand, was ist mit deiner Hand?! Ich habe gesehen, wie er dir mit dem Messer durch die Hand gestochen hat!" Verstörung, Besorgnis und Angst klangen aus Beatrice' Stimme.

„Beruhige dich, mir ist nichts passiert. Er hat mich nicht getroffen; ich habe das Messer rechtzeitig abgewehrt."

Beatrice wollte etwas sagen, brachte aber nur ein hörbares Schnaufen heraus.

„Ich habe mal einen Selbstverteidigungskurs belegt", fügte Malia hinzu. „Es ist alles gut. Gleich sind wir bei mir zu Hause", sagte sie beruhigend und legte den Arm um Beatrice.

Malia wohnte im zweiten Stock einer hübschen kleinen Villa, die Ende des 19. Jahrhunderts erbaut worden sein mochte. Das Haus war nur durch die Straße, einige Parkplätze und Büsche von dem Weg an der Uferwiese getrennt. Das Grundstück war von einer hohen Hecke umgeben, der Garten wirkte vernachlässigt. Während sie vom Tor zur Haustür liefen, fing es wieder einmal an zu schneien.

„Meist bin ich allein im Haus. Unten wohnt nur noch die Hausbesitzerin, aber die ist fast immer bei ihrer Tochter und deren Familie. Da die alte Dame sehr vermögend ist und ich ihr wohl sympathisch war, hat sie mir die Wohnung fast umsonst überlassen."

Sie betraten die Wohnung. Diese hatte mehrere große Zimmer und war mit Möbeln ausgestattet, die alles andere als billig aussahen. Beatrice verstand nichts davon, vermutete aber, dass sie entweder echt antik oder sorgfältige Nachbildungen waren. An den Wänden hingen Ölgemälde und Stiche. Ob Originale oder Kopien, ob wertvoll oder billig, konnte sie nicht sagen. In den Schränken und auf den Kommoden waren Porzellangefäße, Figuren, Wein- und Sektgläser verschiedener Art und Größe zu sehen. Ein Zimmer war komplett als Bibliothek eingerichtet. Ganze Reihen von Büchern mit ledernen Rücken standen in den Regalen, oft hinter gläsernen Türen. Faszinierend schöne Kristalllüster spendeten funkelndes Licht, das sich in allem Gläsernen widerspiegelte. Ungläubig sah Beatrice sich um.

Malia beobachtete lächelnd wie ihre Freundin staunend durch die Räume ging und alles betrachtete. „Die Möbel sind *Empire*, das Porzellan stammt aus den Manufakturen von Frankenthal, Ludwigsburg und Meißen. Die Gläser sind alle aus mundgeblasenem Kristallglas und über 50 Jahre alt. Die Bilder an den Wänden sind Originale, wenngleich auch nicht von den ganz großen Meistern. Und die Bücher bekommt man ganz bestimmt nicht im nächstbesten Laden." Sie ließ den Eindruck ihrer Worte einen Moment wirken und erklärte dann: „Bis vor einem halben Jahr hat hier der Bruder der Hausbesitzerin gewohnt. Kurz vor meinem Einzug ist er gestorben. Er war alleinstehend und ein passionierter Kunstfreund, Büchersammler und Weinkenner. Natürlich sind das hier allesamt keine Dinge, die man normalerweise in einer Wohnung lässt, die man vermietet. Aber wie gesagt ...", wieder lächelte sie, „ich war der alten Dame wohl sehr sympathisch ... Sie hat nur vermietet, weil sie nicht ganz allein im Haus wohnen wollte. Für mich ist es ausgesprochen praktisch, dass die Wohnung schon komplett ausgestattet war, denn ich habe keine Möbel oder Hausrat in großem Umfang und hätte auch keine Lust gehabt, mir jetzt viel zu kaufen. Schau dich ruhig um." Sie ging in die Küche.

Beatrice kam aus dem Staunen nicht heraus. Ehrfürchtig betrachtete sie all die schönen Sachen, die sich in der Wohnung befanden. Selbst die Kronleuchter und Lampen schienen aus den Anfangstagen der Elektrizität zu stammen und einen Fernseher oder ein Radio gab es nicht. Nichts in den Wohnräumen war neu. Alles alte Dinge aus lang vergangenen Zeiten, Dinge die einst Menschen gehört hatten, die längst tot waren ... Sie hatte irgendwie das Gefühl, hier nicht dazuzupassen … Ein leichter Schauder schüttelte sie. Sie ging zum Fenster und wollte hinausschauen, konnte aber nichts erkennen außer Dunkelheit. Grabschwarz war die Nacht draußen.

Über den Flur ging sie in die Küche. Diese war nicht so antik eingerichtet wie die übrigen Räume, sondern machte einen zweckmäßigen und angenehmen Eindruck. Malia gab gerade eine Portion Nudeln in einen Topf mit kochendem Wasser. Auf einer anderen Herdplatte köchelte Soße in einem zweiten Topf.

„Es gibt Spaghetti all' arrabbiata. Ich hätte uns gerne etwas Besonderes gekocht, aber das hätte zu lange gedauert. Hoffentlich schmeckt es dir."

„Oh, ich glaube, das wird mir sehr gut schmecken. Und ich habe schon großen Hunger."

Eine knappe Viertelstunde später war das Nudelgericht fertig und Malia stellte alles im Esszimmer auf den Tisch. Zu Trinken gab es eine Flasche halbtrockenen Roséwein. Sie unterhielten sich über das Kochen, während sie aßen. Die Pasta schmeckte sehr gut und der Wein sorgte dafür, dass Beatrice etwas lockerer wurde und die Nervenanspannung, verursacht durch den Überfall, allmählich nachließ. Zu groß war jedoch der Schreck gewesen, als dass sie das schreckliche Geschehnis einfach hätte vergessen können. Einmal warf sie fast ihr Glas um, aber ihre Freundin fing es auf, bevor der Wein verschüttet wurde. Nach dem Essen rückte Malia ihren Stuhl direkt neben den von Beatrice, nahm sie in den Arm und sagte:

„Liebes, ich merke, dass du noch immer ganz verstört bist. Ich weiß, du hast dich furchtbar erschreckt. Denke nicht, dass *ich* schon immer so entschlossen in solchen Situationen reagieren konnte. Aber ich habe dir ja gesagt, ich lasse mir von keinem mehr etwas vormachen und damit meine ich natürlich auch, dass ich vor nichts und niemandem Angst habe, denn ich weiß, ich bin stärker und kann mich wehren. Fürchte dich nicht, denn bei mir bist du sicher und auch du wirst so stark werden wie ich, wenn du mir vertraust und auf mich hörst. Ich habe keine Familie und keinen Ehemann, aber ich vermisse das nicht und weine keine Träne darüber, denn ich habe alles von mir geworfen, was die Entfaltung meiner ureigenen Kraft beeinträchtigt."

Sie küsste sie auf die Wange und dann auf den Mund.

„Malia, ich bewundere dich. Ich wünschte, ich könnte so sein wie du."

„Du wirst so werden, denn diese ureigene Kraft ist auch in dir und sie wird sich entfalten, wenn du sie nicht unterdrückst. Lass uns jetzt zu Bett gehen, es ist nicht mehr zu früh. Komm, du hast das Schlafzimmer noch gar nicht gesehen."

Sie nahm Beatrice an der Hand und führte sie in den Schlafraum. Die Möbel dort waren im gleichen Stil wie diejenigen des Wohn- und des Esszimmers und der Bibliothek. An einer Wand stand in der Mitte ein breites Bett. Neben dem Bett war ein Nachttisch mit einer Lampe, deren Schirm der noch fast geschlossenen Blüte einer Rose glich. Der Lichtschein war gedämpft, reichte aber aus, um die Einrichtung des Raumes zu erkennen.

Sie setzten sich auf das Bett und Malia küsste Beatrice erneut. Diese erwiderte die Küsse zuerst nur zaghaft, dann aber immer bereitwilliger. Malias Küsse wurden intensiver und Beatrice gab sie mit zunehmender Lust zurück. Geschickte und wunderbar zärtliche Hände öffneten die

Knöpfe ihrer Bluse und den Verschluß ihres Büstenhalters. Malias Lippen waren blutrot und glänzten feucht, waren leicht geöffnet und wirkten größer als sonst. Mit diesen Lippen bedeckte sie Beatrice' Hals und Oberkörper mit leidenschaftlichen Küssen. Sie zog ihren eigenen engen Pullover aus, unter dem sie keinerlei Unterwäsche mehr trug. Beider Frauen Brüste wurden gegeneinander gepresst, als Malia sich mit ihrem ganzen Körper auf Beatrice legte und sie wieder auf Hals und Wangen küsste. Beatrice hatte die Augen geschlossen und gab sich hin. Als sie wahrnahm, wie eine warme, dicke Flüssigkeit auf ihren Mund tropfte, öffnete sie die Augen und sah Malias linke Brust genau über ihrem Gesicht. Auf der Oberseite des Busens war eine winzige Wunde. Von dort floß ein dünner Faden schwarzroten Blutes, nahm seinen Weg bis zur Mitte der Brustwarze und troff von der aufgerichteten Spitze in kleinen Tropfen auf Beatrice' Lippen.

„Ich habe eine Freundin, die nicht nur lesbisch, sondern auch noch pervers ist", murmelte sie und fuhr sich mit der Zunge über die blutbeträufelten Lippen. Als sie das Blut schmeckte, dachte sie an schweren, süßen Wein und sogleich stieg ein Gefühl trunkener Ekstase in ihren Kopf und benebelte ihren Geist. Sie fühlte ihre Seele in eine Welt wunderbarer Träume zu Gast geführt und glaubte sich unter Purpursegeln auf einer Kristallsee dahintreibend, auf dem Weg zu grünen Paradiesen, in denen all ihre Wünsche sich erfüllen würden.

Ein feiner Schmerz, den sie an ihrer eigenen Brust spürte und der sie vage an Stiche von dünnen Nadeln erinnerte, ließ die Vision wieder vergehen. Malia hatte ihre Lippen saugend auf Beatrice Busen gepresst. Wie in Trance griff Beatrice nach Malias Kopf und fuhr mit den Händen durch das dichte, rabenschwarze Haar. Dann weiteten sich ihre Augen vor Schrecken, denn sie spürte, wie ein Teil ihres Ich mit Gewalt aus ihr herausgesogen wurde und ein anderes Ich sich ausbreitete, ein Ich, das fremd und vertraut zugleich war. Sie stieß ein Nein! hervor und wollte weg, aber wie kraftlos blieb sie liegen, denn ein ihr unverständliches, aber wildes Verlangen warf sich ihrem Widerstand mit dunklem Tosen entgegen, um ihre Abwehr hinwegzuspülen und sie gefügig zu machen für etwas, das sich auf Leben und Tod mit ihr verbinden wollte. Ein Kataklysmus widerstreitender Mächte tobte in ihrem Innersten und sie verlor das Gefühl für Zeit, Raum und Sein. Der Kataklysmus verebbte zu dumpfer Benommenheit und schließlich umhüllte sie der Schlaf.

Sie träumte, sie ginge durch einen Wald. Hohe Tannen und Fichten, großer Ahorn, knorrige Buchen und Eichen bildeten einen gesunden, lichten Mischwald. Die Luft war frisch wie an einem schönen Sommermorgen nach einer kühlen Nacht. Helle und wärmende Sonnenstrahlen fielen bis auf den weichen Waldboden, der von Moosen, Farnen und jungen Bäumchen von geringer Größe bedeckt war. Steinpilze, Pfifferlinge und Champignons wuchsen hier und da in kleinen Gruppen auf der Erde. Sie lief langsam durch den wunderbaren Forst und lauschte dem Singen der Vögel. Hin und wieder bückte sie sich, um von den süßen Walderdbeeren zu essen, die an kleinen Sträuchern wuchsen. Ab und zu hörte sie einen Specht an einen Baum klopfen und einmal sah sie ein Reh, das schnell und scheu die Flucht ergriff.

So mochte sie schon viele Stunden gelaufen sein, als sich der Wald nach und nach veränderte. Bäume, die sie nicht kannte, traten an Stelle der bisherigen. Schlingpflanzen kletterten an den Stämmen empor und wickelten sich um die Äste. Der Wald wurde dichter und ließ weniger Licht herein; die Luft wurde schwül. Die Stimmen der Vögel waren andere geworden und klangen manchmal schrill und lärmend. Immer öfter hörte sie ein Rascheln im Gebüsch und einmal bemerkte sie den schlanken Körper einer Schlange, die gerade im Unterholz verschwand. Sie sah seltsame Pflanzen mit Blüten von fremdartiger Schönheit, die betäubende Düfte ausströmten. Große Sträucher waren voll von prallen, saftig aussehenden Früchten in kräftigen Farben, aber sie wußte nicht, ob sie von ihnen kosten sollte.

„Nimm ruhig und iss davon", sagte eine Stimme hinter ihr.

Sie blickte sich um und sah ihre Freundin. Malia trug ein langes goldregengelbes Kleid, das einen auffälligen farblichen Gegensatz zu ihrem weit über die Schultern fallenden schwarzen Haar bildete. Während sie noch zögerte, trat Malia herbei, pflückte eine fast apfelgroße, blutrote Frucht und hielt sie ihr hin.

„Probiere, dann wirst du wissen, was wirklich gut ist."

Sie nahm die Frucht entgegen und biss hinein. Eine nie gekannte Süße von exotischer Fülle betörte ihre Geschmacksnerven. Mit großem Appetit aß sie die Köstlichkeit vollständig auf.

„Ich weiß nicht mehr, wo ich bin. Kannst du mir den Weg zeigen?"

„Ich kenne den Weg, komm mit, ich führe dich."

Malia nahm sie bei der Hand und sie gingen zusammen durch den Wald. Als die Abenddämmerung hereinbrach, nahmen die Stimmen der Tiere zu und wurden lauter. Nicht nur Vögel waren zu hören. Malia verjagte einen kleinen Affen, der frech vor ihren Füßen herumsprang und sie zu necken versuchte. Sie gingen durch eine Mulde, die mit altem Laub gefüllt war, in dem sie bis zu den Knien versanken. Beatrice wunderte sich über so viele tote Blätter an einem Ort.

Schnell war die Dämmerung vorbei und Finsternis herrschte um sie herum. Gelegentlich funkelten die Augen von Tieren in der Dunkelheit. Zuweilen gab es kleine Lichtungen, auf die das Mondlicht weiße Flecken warf. An diesen wollte sie immer anhalten, weil sie Wassertümpel vor sich zu haben glaubte, aber Malia zog sie weiter. Manchmal umgingen sie aber auch die Lichtungen und sie vermutete, dass es dann wirklich Wasser war, dessen Oberfläche wohl der Farbe des Grases ähnelte.

„Dort drüben ist ein Baum mit wunderbaren Früchten, noch köstlicher als die letzten. Dort werden wir ausruhen und uns stärken", sagte Malia.

Beatrice versuchte im fahlen Mondlicht den Baum zu erkennen, als sie plötzlich den Boden unter den Füßen und Malias Hand verlor. Mit lautem Platschen versank sie bis über den Kopf in eiskaltem Wasser, kam prustend und nach Luft schnappend wieder hoch und versuchte vergeblich nach etwas zu greifen, woran sie sich festhalten konnte. Sie sah Malia am Ufer stehen und ihr die Hand entgegenstrecken. Aber sie schaffte es nicht, die Hand zu ergreifen, denn die Entfernung war zu groß und das eisige Wasser lähmte ihre Kräfte. Nur mit äußerster Anstrengung hielt sie sich noch an der Oberfläche. Gleich würden ihre letzten Reserven verbraucht sein und die kalte Tiefe sie verschlingen. Malia ließ die Hand sinken, während ihr Tränen über die Wangen liefen. Beatrice ruderte mit Armen und Beinen, aber ihre Bewegungen hatten keinen Einfluß auf das Element um sie herum. Noch im Untergehen sah sie, wie Malias Gestalt sich veränderte. Die wunderschönen Gesichtszüge wurden derb und der ebenmäßige Leib verformte sich und bog sich wie der Körper einer Schlange. Ein Bein nahm die Farbe von Messing an und das andere wandelte sich zu einem Ziegenfuß. Sie nahm noch wahr, wie das Wesen sich in Verzweiflung wand, dann schlug das Wasser über ihrem Kopf zusammen, sie wurde nach unten gezogen und auf einmal begann sie sich immer schneller zu drehen.

Das Drehen hörte auf und Beatrice erwachte mit klopfendem Herzen. Schwärze. Einige Momente brauchte sie, um sich zurechtzufinden, um sich zu erinnern, wo sie war. Im Zimmer war es fast völlig dunkel. Ein schwacher Rest von Licht kam durch das Fenster, da keine Läden geschlossen oder dunklen Vorhänge zugezogen waren. Sie lag in dem breiten Bett und Malia lag schlafend neben ihr. Etliche Minuten lag sie einfach da und wartete, bis sich die Gedanken, die in ihrer schlaftrunkenen Betäubtheit auftauchten, sich ein wenig geordnet hatten. Vergeblich versuchte sie, sich ins Gedächtnis zu rufen, was gestern Abend genau passiert war. Malias Busen, das Blut, dann nur noch Wirrnis und Chaos.

Sie verspürte das Bedürfnis, sich zu erleichtern und stieg aus dem Bett. Es war kühl. Wieder bemerkte sie, dass sie nackt war, aber sie war nicht sonderlich überrascht. Vorsichtig ging sie durch die Dunkelheit, tastete sich zur Tür, betrat den Flur und schließlich die Toilette. Während sie ihre Hände wusch, betrachtete sie sich im Spiegel. Ihr Blick fiel auf ihre Brust. Zwei kleine rote Punkte befanden sich dort, knapp drei Fingerbreit auseinander, höchstens so groß wie die Köpfe von Stecknadeln. Mit Nadeln mußte Malia sie wohl auch gestochen haben, anders konnte Beatrice sich das nicht erklären. Aber sie war zu benommen, um jetzt wirklich nachdenken zu können. Langsam ging sie zurück ins Schlafzimmer und legte sich wieder ins Bett. Sie fühlte sich müde, aber der Schlaf wollte sich nicht mehr einstellen. Sie drehte sich nach links und sie drehte sich nach rechts, bis sie merkte, dass es allmählich hell wurde. Malia schlief neben ihr wie eine Tote. Mehr und mehr breitete sich blasses Tageslicht im Raum aus. Beatrice war wach und ließ ihre Augen gedankenverloren hin und her wandern. Die antiken Möbel wirkten fremdartig; sie waren schön, aber nicht anheimelnd. Sie kam sich vor, wie ein Seefahrer, der nach einigem Zögern in ein unbekanntes Meer gesegelt und an einer barbarischen Küste gelandet war. Jetzt stand er am Ufer und betrachtete die wilde Natur, fasziniert von ihrer Schönheit, aber auch voller Furcht vor gefährlichen Tieren und gnadenlosen Kannibalen, die jeden Moment aus dem grünen Urwald hervorbrechen und sich auf ihn stürzen oder ihn mit Pfeilen und Speeren niederstrecken mochten. Beatrice zuckte ein wenig zusammen, als ihr eine Hand plötzlich das Haar streichelte.

„Liebes, warum schaust du so unruhig hin und her? Schlaf weiter, der Tag ist noch lang und die nächste Nacht noch fern. Am Tag arbeiten die Menschen und kaufen ein und gehen all den anderen Mühseligkeiten nach, mit denen sie sich befassen müssen, um ihr Leben zu leben. Aber das wahre Leben beginnt erst wenn es Nacht wird. Schlaf jetzt, und du wirst wach sein, wenn es an der Zeit ist."

Malia legte einen Arm um Beatrice und schloss die Augen. Beatrice fühlte sich plötzlich wieder schläfrig und fiel in einen angenehmen Schlummer. So schlief sie eine Weile, bis ein warmer Strahl der frühen Märzsonne durch das Fenster auf ihr Gesicht fiel und sie weckte. Sie öffnete die Augen. Der Sonnenstrahl verblasste. Einige Minuten blieb sie noch liegen, dann war sie sich sicher, dass sie nicht mehr schlafen konnte und wollte. Sie löste sich vorsichtig aus Malias Umarmung, stand auf, zog sich an und verließ das Schlafzimmer.

Da sie Durst hatte, ging sie in die Küche, um etwas zu trinken. Sie fand keine Mineralwasserflaschen und da sie ohnehin nicht recht wußte, womit sie eigentlich die Zeit verbringen sollte, begnügte sie sich nicht mit Leitungswasser, sondern beschloß, in den Keller zu gehen. Schließlich bewahrten die meisten Leute ihre Wasserkästen im Keller auf.

Sie ließ die Wohnungstür angelehnt und ging über die leicht knarrende Holztreppe ins Erdgeschoss. Die Kellertür war verschlossen, aber der Schlüssel hing rechts oben neben der Tür. Beatrice schloss auf, betätigte einen an der Wand angebrachten Drehschalter, der ein dämmriges Licht zum Leuchten brachte und stieg die steile Steintreppe hinunter. Im Treppenhaus war es schon sehr kalt gewesen, aber hier unten war es noch kälter. Mit jedem Schritt, den sie abwärtsstieg, schien die Kälte zuzunehmen.

Der Kellerflur hatte mehrere Türen auf jeder Seite. Sie waren alle aus Holz und sahen sehr alt aus; vielleicht waren sie so alt wie das ganze Haus. Geradezu beeindruckend fand sie die besonders breite Tür am Ende des Flurs: Diese hatte zahlreiche breite Eisenbeschläge und war an der Oberseite abgerundet. Beatrice fühlte sich fast magisch angezogen und trat direkt davor. Der rostige metallene Schieberiegel sah nicht mehr sehr beweglich aus, steckte aber mit seinem Ende nur einen Fingerbreit in der dazugehörigen Öse an der Wand. Ob sie nun gerade hier Mineralwasserflaschen finden würde, war nicht mehr wichtig. Sie war neugierig, was hinter dieser Tür war und zog an dem Riegel. Mit einem kurzen ratschenden Geräusch fuhr er aus der Öse. Sofort ging die Tür einen Spalt auf. Beatrice öffnete sie weit genug, um hindurchgehen zu können, blieb aber erst einmal auf der Schwelle stehen. Völlige Dunkelheit schlug ihr entgegen. Sie öffnete die schwere Tür ganz, damit etwas Licht von der schwachen Flurbeleuchtung in den dunklen Raum dringen konnte. Die Angeln knarrten, als die Tür sich bewegte. Eine Treppe ging ein paar Stufen hinunter. Der Boden bestand lediglich aus festgetretener Erde. Sie konnte jetzt einen rechteckigen Raum mit gewölbter Decke erkennen. Abgesehen von einigen kaputten Holzkisten in einer Ecke war der Raum leer. Dann bemerkte sie an einer Wand eine schwarze Fläche. Sie stieg die kleine Treppe hinab und ging darauf zu. Ein niederer Gang, ebenfalls mit gewölbter Decke, führte in die Dunkelheit. Beatrice dachte an Geschichten, die sie als junges Mädchen gelesen hatte: Abenteuer- und Gruselgeschichten, Geschichten von edlen Helden und schönen Jungfrauen, die in den Kellern von alten Schlössern und halbverfallenen Klöstern durch dunkle Gänge irren, auf der Suche nach der Rettung vor Verfolgern und in der Hoffnung auf die wahre Liebe. Fasziniert und etwas ängstlich zugleich trat sie einige Meter in den dunklen Gang, sich mit den Händen vorwärtstastend. Die Wände wurden feuchter, je weiter sie ging. Schon wollte sie wieder umkehren, da nahm sie in der Ferne einen schwachen Lichtschimmer war. Vorsichtig ging sie weiter, dem Licht entgegen. Ihr Herz klopfte immer schneller und stärker. Zweimal passierte sie weitere Eingänge, die nach links abzweigten, ob in Räume oder Gänge, konnte sie nicht erkennen. Die Quelle des Lichtes war eine kleine, vergitterte Öffnung oberhalb der Decke des Ganges. Ein enger, gemauerter Luftschacht führte zu diesem Kellerfenster. Beatrice stellte fest, dass sie bereits mehrere Meter unter der Erde war. Noch einmal trieben Neugier und Faszination sie dazu, weiter in den dunklen Gang hineinzugehen. Allmählich wurde der erdige Fußboden feucht und glitschig und es roch zunehmend nach Moder. Vor ihr war kein Licht mehr zu erkennen, nur noch Schwärze. Als sie sich umdrehte, rutschte sie auf dem schmierigen Erdboden aus und verlor das Gleichgewicht. Reflexartig wollte sie sich an der Wand abstützen, aber dort, wo Wand hätte sein sollen, war keine Wand. Sie griff voll ins Leere, stieß einen halblauten Schrei aus und stürzte ins schwarze Nichts. Hart und schmerzhaft schlug sie auf ungleichmäßigen steinernen Stufen auf, überschlug sich seitlich und landete schließlich am Fuß der Treppe auf einem matschigen, kalten Untergrund.

Zu Tode erschrocken und benommen vom Sturz blieb sie liegen. Sie wagte nicht, sich zu bewegen, aus Angst, furchtbare Schmerzen oder den Dienst versagende Glieder würden zerschmetterte Gelenke und gebrochene Knochen anzeigen. Erst nach einigen Minuten getraute sie sich vorsichtig die Beine zu strecken und wieder anzuziehen und mit den Händen über den schlammigen Boden zu wandern. Nach und nach kam sie zu dem Eindruck, dass sie sich nicht ernsthaft verletzt hatte. Sie setzte sich auf. Zwar tat ihr der ganze Körper weh, aber schlimme Blessuren gab es keine. Wie durch ein Wunder hatte sie sich nicht den Kopf angeschlagen. Um

sie herum war es völlig dunkel. Jetzt, da sie sich etwas vom
Schock des Sturzes erholt hatte, fiel ihr ein ekelhafter Ge-
stank auf, der ihr bekannt vorkam. Es war vor vielen Jahren
gewesen. Sie war mit ihrer älteren Schwester im Wald spazieren gegangen und sie hatten diesen widerwärtigen Pesthauch
gerochen. Ihre Schwester hatte unbedingt genau wissen wollen, woher er kam, und so waren sie ihm entgegengelaufen.
Ein totes Reh, dessen halbverwester Körper von Würmern
wimmelte, war die Ursache gewesen.

Schauder und Entsetzen ergriffen Besitz von Beatrice. Erst
letzte Nacht hatte sie geträumt, dass sie gestorben wäre. Sie
wollte von diesem furchtbaren Ort so schnell wie möglich
weg. Sie ging in die Hocke und versuchte, sich zur Treppe
zu tasten. Aber durch den Sturz hatte sie die Orientierung
verloren und wußte nicht, in welche Richtung sie sich wenden mußte. Etwas Lebendiges streifte ihre Hand. Sie schrie
auf, zuckte zurück und fiel erneut in den Matsch des aufge-
weichten Bodens. In Panik rappelte sie sich auf und wollte
laufen, trat aber schon mit dem ersten Schritt auf etwas
Weiches. Ein jämmerlicher Schmerzensschrei zerriss die
Stille. Beatrice taumelte und stürzte wieder in den Schmutz.
Kleine Füßchen liefen über ihre Hand. Eine spitze Schnauze
stupste sie an der Wange. Sie schrie hysterisch und schlug
um sich. Eine Ratte schlüpfte in ihr Hosenbein und lief den
Unterschenkel hoch. Eine entsetzliche Szene aus einem ame-
rikanischen Kriminalroman, den sie einmal gelesen hatte,
schoß ihr in den Kopf. Da war in einem verwahrlosten Vier-
tel von New York einem halbwüchsigen Jungen eine Ratte in
die weite Hose geschlüpft und nach oben geklettert. Seine
Freunde mußten ihm die Hose ausziehen, um die Ratte he-
rauszubekommen. An seinem Unterleib war nur noch Blut

zu sehen gewesen. Die Ratte hatte versucht, sich ihren Weg ins Freie zu fressen ...

Mit beiden Händen umklammerte Beatrice ihr Knie, um die Ratte am Weiterlaufen zu hindern. Dabei stieß sie eine andere zu Boden, die gerade über ihren Oberschenkel lief.

„Fort!" Dies eine Wort genügte. Scharf wie ein Schwert fuhr es durch die Dunkelheit und trennte die ungleichen Gegner. Beatrice' Gekreisch brach ab, als hätte jemand ein Kabel durchschnitten und damit den Ton abgewürgt. Die Ratte in ihrer Hose schaffte es irgendwie, wieder herauszukommen und zu verschwinden. Auch von den anderen Ratten war nichts mehr zu spüren.

„Meine liebe Bea", sagte Malia sanft und freundlich, „so habe ich das nicht gemeint, als ich dir sagte, du solltest ab und zu mal etwas Neues ausprobieren." Sie legte den Arm um Beatrice und half ihr auf. „Es gibt weitaus Besseres, als sich mit den Ratten im Schlamm zu wälzen. Vorsicht, die Treppe." Trotz der völligen Dunkelheit führte Malia sie sicher zurück in den niedrigen Gang. Hier gab es wieder ein wenig Licht von dem Luftschacht.

Wie in Trance ließ Beatrice sich aus dem Keller führen. Als sie die Treppe zu Malias Wohnung hinaufstiegen, hinterließen sie auf den Stufen schmutzig nasse Spuren und Beatrice wurde sich bewußt, dass sie von oben bis unten mit Dreck besudelt war.

„Ich werde deine ganze Wohnung schmutzig machen", murmelte sie.

„Mach dir keine Gedanken, du kannst dich im Bad ausziehen; ich bringe dir was Frisches zum Anziehen."

„Was wird deine Vermieterin zu dem ganzen Dreck im Treppenhaus sagen?"

„Darüber mach dir mal erst recht keine Sorgen. Die ist zur Zeit nicht da … und nächste Woche kommt der Putzmann, der macht hier regelmäßig sauber.

Sie brachte Beatrice ins Bad und holte ihr etwas von sich zum Anziehen. Malia war größer und weniger zierlich als Beatrice, aber da Beatrice weite Kleidung bevorzugte, fühlte sie sich in dem schwarzen Rollkragenpullover gleich recht wohl. Etwas ungewohnt für sie war der Rock (denn sie trug ja sonst nie Röcke), aber er war zumindest schön lang.

Sie trat aus dem Bad und dachte an die Ratten im Keller. An die eine Ratte, die in ihre Hose geschlüpft war. Sie schauderte und mochte nicht weiterdenken, was hätte passieren können. Dem Himmel sei Dank, dass Malia gekommen war und die Ratten so schnell verjagt hatte. So schnell waren die Ratten geflohen, dass man glauben mochte, die Tiere hätten Angst vor ihr oder würden ihr gehorchen … Vielleicht hatte sie ja auch einfach schon so oft mit ihnen zu tun gehabt, dass sie wußte, wie man diese scheußlichen Viecher behandeln mußte.

Malia kam aus dem Schlafzimmer. „Der Rock steht dir gut", bemerkte sie schmunzelnd.

„Malia, Gott sei Dank, dass du gekommen bist. Es tut mir leid, was passiert ist, ich wollte nur etwas zu trinken holen, da habe ich diesen Gang gesehen und war neugierig-"

„Schon in Ordnung, meine kleine Abenteurerin", sagte Malia, legte den Arm um Beatrice und gab ihr einen Kuss auf die Wange, „ich mag entdeckungslustige Menschen und ich werde dir noch so manches zeigen, was du noch nicht kennst, so manches Wunderbare, von dem dir deine Eltern und deine Lehrer nie erzählt haben, so manches, was du ohne mich nie kennenlernen würdest …"

Während sie gesprochen hatte, hatte sie ihr Gesicht erneut Beatrice' Wange genähert und küsste sie nochmals, langsam und sanft.

In Beatrice wallten konfuse Gedanken und einander widerstrebende Gefühle. Der gestrige Abend ging ihr durch den Kopf. Sie wollte mit Malia darüber reden, wollte ihr sagen, dass das, was gewesen war, nun mal passiert sei, aber dass das nicht ihr Ding wäre, dass es nur wegen ihrer großen Enttäuschung über Christoph möglich gewesen sei, dass sie es nicht wiederholen wolle, nicht dass sie verärgert wäre, aber dass es bei diesem einen Mal bleiben werde ... Aber sie sagte nichts. Malias Stimme hatte eine hypnotisierende und einlullende Wirkung, die Beatrice den Mund verschloß. Und dann war da tief in ihrem Innersten irgendetwas, irgendetwas, das zwar noch winzig und schwach war, aber das sich schon bemerkbar machte, irgendetwas, das neu und unbekannt war und das Empfindungen und Ideen aufkommen ließ, die sie früher nicht gekannt hatte ...

„Warum ist der Keller so groß?", fragte sie schließlich.

„An dieser Stelle stand früher ein mittelalterliches Landschloß. Die Villa wurde direkt auf den alten Grundmauern erbaut. Der ehemalige Schloßkeller ist weitgehend erhalten und zugänglich."

„Für was wird er benutzt?"

„Für nichts. Er ist einfach noch da."

„In dem Raum, in dem du mich gefunden hast, war Leichengeruch ..."

„Das kommt von den toten Ratten. Wenn es viel regnet sammelt sich das Wasser in den tieferen Kellerräumen und steigt oft bis zu einer beträchtlichen Höhe. Das geht manchmal sehr schnell und ab und an ertrinken einige Ratten."

„Können Ratten denn nicht schwimmen?"

„Menschen können auch schwimmen, trotzdem ertrinken sie."

„Stimmt …" Beatrice kam eine vage Erinnerung an ihren Traum und sie verharrte einen Moment in stiller Nachdenklichkeit, bevor sie wieder etwas sagte. „Kennst du dich gut in dem alten Keller aus?"

„Meine liebe Beatrice", sagte Malia freundlich tadelnd, aber jetzt auch mit einem kaum wahrnehmbaren, leicht gereizten Unterton in der Stimme, „ich habe doch gesagt, dass der Schloßkeller nicht genutzt wird. Glaubst du, ich tanze da unten mit den Ratten oder leiste ihnen erste Hilfe, wenn sie am Ertrinken sind? Ich war heute zum erstenmal in diesem Keller, aber die freundliche Vermieterin hatte mir schon vorher einiges über ihn erzählt. Komm mit in die Küche, ich mache uns Frühstück. Du kannst mir helfen. Möchtest du ein oder zwei Würstchen?"

„Eigentlich esse ich nie Würstchen zum Frühstück, aber …, hm, wenn du so davon redest, irgendwie habe ich heute Lust darauf …, ich nehme zwei!"

„Auch zwei Spiegeleier?"

„Mmm … ja."

Malia hatte einen beachtlichen Vorrat an leckeren Sachen. Sie backten Brötchen und Croissants auf, brühten Kaffee, stellten weißes und rotes Weingelee auf den Tisch und pressten kühlen Saft aus frischen Blutorangen.

Es schmeckte alles ausgezeichnet. Beatrice verzehrte besonders die Würstchen und die Eier mit ungewöhnlichem Heißhunger. Dabei überlegte sie, wie sie den Rest des Wochenendes nutzen sollte. Mit Malia war sie ja eigentlich nur von Freitagabend bis Samstagmorgen verabredet. Noch hatte sie ihr nicht erzählt, dass das mit Christoph wohl wirklich nichts mehr werden würde. Christoph! Wut stieg in ihr hoch, als sie an ihn dachte. Sie wußte nicht, was mit ihm los war, aber ein Lügner war er, soviel war sicher. Sie beschloß, erst einmal nach Hause zu gehen und sich um einige Einkäufe und Hausarbeiten zu kümmern, dann würde sie schon sehen.

„Ja dann", sagte sie, als sie sich verabschiedete, „ich melde mich vielleicht heute oder morgen noch mal …", und dachte wieder nicht daran, dass Malia kein Telefon hatte.

„Bis bald", gab Malia zurück.

Draußen war graues Matschwetter, aber noch lag auch an vielen Stellen eine Schicht frischen Neuschnees von der letzten Nacht. Es war diesig, von der Sonne war nichts mehr zu sehen. Beatrice ging auf dem Weg bei der Uferwiese in Richtung der alten Steinbrücke. Einmal drehte sie sich um und warf einen Blick auf das Haus, in dem sie die Nacht verbracht hatte. Die Fenster der kleinen Villa blickten ihr nach.

VIII

Bevor sie nach Hause ging, kaufte sie in einem Supermarkt ein. An der Kasse musste sie lange warten. Sie war genervt und die Leute kamen ihr ziemlich spießig vor. Ein kleiner alter Mann maulte sie an, weil er sich von ihrem Einkaufswagen eingeengt fühlte. Sie hätte ihm am liebsten den Hals umgedreht.

Schwer bepackt mit Einkäufen und ihren dreckigen Kleidern kam sie schließlich in ihrer Wohnung an. Das rote Licht des Anrufbeantworters blinkte: Jemand hatte angerufen und eine Nachricht hinterlassen. Sie drückte den Knopf zum Abhören der Nachrichten.

„Hallo Beatrice, hier ist Christoph. Also, noch mal wegen Donnerstag, ich hoffe, du hast es mir nicht allzu übel genommen, dass ich nicht kommen konnte und ich hoffe, du hast dir trotzdem einen netten Abend gemacht. Um so mehr freue ich mich, wenn wir uns jetzt schnell wiedersehen, deshalb ruf' mich bitte bald zurück. Bis dann."

Beatrice war unschlüssig. Zorn kämpfte gegen die Bereitschaft, Christoph eine Chance zu geben. Nach einigem Nachdenken schien es ihr dann doch das Richtige zu sein, ihn zu treffen und zur Rede zu stellen. Sie war gespannt, welche Erklärung er in Bezug auf die Bank haben würde. Um sich vorher noch ein bisschen abzuregen und einen kühleren Kopf zu bekommen, beschloss sie, erst einmal in ein

Internet-Café zu gehen und eine E-Mail an ihre Schwester zu schreiben. Es war über zwei Wochen her, seit sie zuletzt nach ihren E-Mails geschaut hatte. Bis jetzt nutzten viele ihrer alten Freunde diese Möglichkeit der Kommunikation selten oder gar nicht. Auch mit ihrer Schwester telefonierte sie eher, als zu schreiben. Da ihre Schwester Beate jedoch während der letzten zwei Wochen ständig im Spätdienst gearbeitet hatte (sie war Kinderkrankenschwester), hatte Beatrice noch keine Gelegenheit gehabt, ihr von den jüngsten Ereignissen aus ihrem Leben zu berichten. Auch ihrer Mutter hatte sie lediglich erzählt, sie habe einen netten jungen Mann kennengelernt, den sie nun gelegentlich treffe. Man musste den Müttern ja nicht gleich alles auf die Nase binden.

Sie überlegte, ob sie sich umziehen sollte, aber sie fühlte sich mittlerweile in Malias Kleidern so wohl, dass sie diese anbehielt, auch wenn sie eigentlich etwas zu groß waren.

Das Internet-Café war nur wenige Gehminuten entfernt. Es war jetzt kurz nach 14 Uhr und lediglich eine Handvoll Gäste saß auf den Stühlen vor den Bildschirmen. Beatrice suchte sich einen ruhigen Platz und schrieb ihre Mail:

Von: Beatrice Seebach <beatrice.seebach@epost.de>
An: beate.seebach@epost.de
Betreff: Neuigkeiten

Hallöchen Beate!
Du wirst nicht glauben was mir seit unserem letzten Telefonat alles passiert ist! Ich hab dir ja erzählt, daß Malia und ich zu diesem ball der Vampire wollen und wir waren auch dort. So etwas wie diesen Ball hab ich noch nie gesehen! Das kannst du

gar nicht mit den Faschingsbällen bei uns zu Hause vergleichen. Es war in einem risigen alten Gebäude und es waren unheimlich viele Leute da, die sich die unglaublichsten Verkleidungen angezogen hatten. Sie waren entweder als Vampire verkleidet oder sie sahen aus wie früher, an Königshöfen und so. Ich selbst war übrigens als Spinnenfrau verkleidet. Und ich habe jemand kennengelernt, mit dem ich dann den ganzen Abend verbracht hab. Er heißt Christoph und sieht echt toll aus und er hat mich gleich ein paar Tage später ins Kino und zum essen eingeladen. Letzten Samstag waren wir dann im Theater und danach, er hatte angeblich die letzte Bahn verpaßt ;-) na ja, da hab ich ihn mit zu mir genommen und dann ist halt alles etwas schneller gegangen, als ich das vorher gedacht hatte. Ich erzähls dir dann bei Gelegenheit noch ausführlicher am Telefon. Leider bin ich mir im Moment nicht mehr ganz sicher, ob er es auch ernst meint.

Das war aber nur das eine. Das andere ist: ich habe festgestellt, daß Malia lesbisch ist!

Beatrice zögerte und dachte einige Momente nach, bevor sie weiterschrieb.

Sie hat schon einige deutliche Annäherungsversuche gemacht und ich ich weiß manchmal gar nicht, wie ich mich verhalten soll. (erzähls nicht Mutti, die regt sich sonst bloß auf und macht sich Sorgen). Komisch ist dabei, daß sie sich aber auch für Männer zu interessieren scheint. Na ja, einige haben mich ja schon vorher gewarnt, daß in der Stadt oft verrückte Leute rumlaufen.

Wieder hielt sie inne und überlegte, ob sie den Text so

lassen und was sie noch schreiben sollte. Normalerweise redete sie mit ihrer Schwester über alles, aber sie wußte auch, dass Beate in manchen Dingen sehr spießig war und wahrscheinlich mit Unverständnis reagieren würde, dass sie sich überhaupt mit solchen Leuten wie Malia abgab. Sie schwankte unsicher zwischen einigen Möglichkeiten hin und her, dann schrieb sie weiter.

> Gut, so viel für heute, ruf mich bald mal an, wenn du abends Zeit hast.
> Liebe Grüße
> Beatrice

Sie bewegte den Mauszeiger auf SENDEN. Noch eine kleine Fingerbewegung und die Mail wäre abgeschickt und Beate würde es bald lesen. Eine knappe Minute saß sie reglos vor dem Bildschirm, dann bewegte sie den Zeiger auf LÖSCHEN und drückte die Maustaste.

Beatrice verließ das Internet-Café und ging in Richtung ihrer Wohnung. Vage und verstörende Gedanken tauchten immer wieder plötzlich in ihrem Kopf auf und schwirrten darin herum, hektisch und planlos, wie wilde Vögel in einem kleinen Käfig. Spontan entschloss sie sich, einen Abstecher zum Fluss zu machen und bog in eine der schmalen Gassen ein, die zur Uferpromenade führten. Die ständigen Schneefälle und das Tauwetter der letzten Tage hatte den Fluss weiter anschwellen lassen. Bei Tag waren die Wassermassen grau und wirkten schmutzig; der Gedanke, hineinzufallen, ließ sie schaudern. Schnell drehte sie sich um und machte sich auf den Heimweg.

Zu Hause angekommen, wußte sie nicht, ob sie sich nun

eigentlich einsam fühlen sollte oder nicht. Sie hatte gedacht, sie hätte einen Freund, wußte aber jetzt nicht mehr, was sie von ihm halten sollte und ob sie ihn überhaupt noch als ihren Freund ansehen konnte. Nun, die nächsten Tage würden da vielleicht Klarheit bringen ... Und sie hatte gedacht, sie hätte eine Freundin, aber diese war doch etwas anders, als sie zuerst angenommen hatte ... Dieses Anderssein irritierte, störte und verunsicherte sie, war aber auch etwas Faszinierendes und Packendes, das eine Zurückweisung bislang nicht zugelassen hatte. Ob seine Anziehungskraft ihre Ursache in bisher unbewußten Seiten ihrer Persönlichkeit hatte oder ob es durch sein unvermutetes Erscheinen eher dem überraschenden Angriff eines gefährlichen wilden Tieres glich, der in seiner Plötzlichkeit eine lähmende Wirkung hat und eine entschiedene Reaktion unmöglich macht, konnte Beatrice nicht sagen. Und wie würde sich Malia verhalten, wenn sie sie nicht mehr so oft würde treffen wollen? Würde die Freundin mit Unverständnis und Zorn reagieren? Zudem trafen sie sich doch täglich in der Kantine zum Mittagessen. Vielleicht hätte Malia ja auch Verständnis ... Aber eigentlich mochte sie doch den Kontakt zu ihr gar nicht vermindern ..., wobei ..., sie hatte auch den vagen Eindruck, dass Malia ihr nie etwas wirklich Persönliches erzählte, ihr Herz ausschüttete, so wie Beatrice selbst es immer machte. In dieser Hinsicht war ihr Malia nie wirklich vertraut geworden, so wie es bei einer guten Freundin sein sollte. Und dann dieser letzte Abend ... Chaotisch wirbelten die Gedanken durch ihren Kopf.

Schnarrendes, lautes Klingeln ließ sie zusammenfahren und riss sie aus ihren konfusen Überlegungen. Die Glocke war furchtbar, aber daran konnte sie nichts ändern. Da es keine Sprechanlage gab und man von den Dachfenstern nicht direkt nach unten sehen konnte, blieb Beatrice in solchen Fällen nichts anderes übrig, als hinunter zur Haustür zu gehen, um nachzusehen, wer da war. Sie stieg die Treppen hinab und öffnete.

Christoph war da.

Malia hielt eine Flasche besten französischen Rotweins in der Hand. Die Flasche war noch kühl, denn sie war noch vor wenigen Minuten in derjenigen Ecke des Weinkellers gelegen, in der die edelsten Tropfen lagerten. Eine Staubschicht bedeckte das Glas und das leicht angeschimmelte Etikett. Sie stellte die Flasche auf einen Tisch, auf dem einst ein General Napoleons seinen Wein abgestellt haben mochte und entkorkte sie. Dann trat sie an ein Fenster und schaute hinaus.

Beatrice war im ersten Moment sehr überrascht und fand keine Worte.

„Hallo Beatrice", sagte Christoph und kam lächelnd auf sie zu, um ihr einen Kuss zu geben. Sie trat schnell einen Schritt zurück.

„Ja ...", begann Christoph, „ich verstehe schon, dass du verärgert bist, weil ich vorgestern so kurzfristig abgesagt habe ..., ich denke, ich muss dir da etwas erklären ..., etwas, das ich dir bis jetzt nicht gesagt habe ..." Er kratzte sich verlegen an der Wange.

„Ich höre", sagte Beatrice langsam und mit einem ungewohnt gefährlichen Unterton in der Stimme, der ihn überraschte und zusätzlich verunsicherte. So übel konnte sie ihm die Absage vom Donnerstag doch nicht genommen haben.

„Äh ..., könnten wir hoch in deine Wohnung gehen ...?"

„Ja natürlich." Sie zwang sich zur Ruhe, denn ein wenig war sie selbst von der Größe ihres Zorns gegenüber Christoph überrascht; sie hatte doch noch nicht einmal gehört, was er ihr sagen wollte und welche Erklärung er in Bezug auf die Bank und die nächtlichen Ausflüge (mit blonden Frauen) abgeben würde.

Sie ging voraus. Oben angekommen, drehte sie sich zu ihm um und schaute ihn an. Sie sagte nichts. Zurückhaltung entsprach ihrer Art. Untypisch aber war das Drohende in ihrem Blick. Nicht ängstliches Abwarten, sondern bedrohliches Lauern sprach daraus.

Christoph wußte nicht recht, wie er beginnen sollte. „Hast du dir etwas Neues zum Anziehen gekauft?", fragte er schließlich. „Steht dir wirklich gut, der Rock ..."

Beatrice stutzte einen Moment, dann erinnerte sie sich daran, dass sie immer noch die Kleidung von Malia trug.

„Ich glaube, du wolltest mir etwas erklären", antwortete sie, ohne auf seine Bemerkung einzugehen.

„Ja ..., also, so etwas wie vorgestern, also, als ich dir kurzfristig abgesagt habe, das könnte in nächster Zeit immer mal wieder vorkommen ..., denn ich arbeite gerade nicht mehr bei der Bank ..., ich bin gerade dabei, mich neu zu orientieren ..., und habe zur Überbrückung eine andere Tätigkeit angenommen ..."

Beatrice schaute ihn mit großen Augen an, deren Ausdruck er nicht deuten konnte. Da sie nichts sagte, sprach er weiter.

„Ich war ein halbes Jahr bei dieser Bank, aber es war wohl doch nicht ganz das Richtige ... Zur Zeit habe ich nur einen Job als Nachtwächter ..., auf Abruf ..., ohne feste Arbeitszeiten ..., also keine richtige Stelle ..., bis ich etwas anderes gefunden habe halt ..."

Sie hatte das nicht erwartet und stierte ihn mit etwas überraschten und sonst fast ausdruckslosen Augen an. „Silke hat dich gestern früh gesehen, mit einer blonden Frau ...", sagte sie langsam.

„Ja, das war Inge, meine Kollegin, sie wohnt auch in Talheim und nimmt mich immer mit, wenn wir gemeinsam Dienst haben ..., mit dem Auto geht es schneller, ich habe ja keines."

Beatrice starrte an ihm vorbei ins Nichts. So einfach war also des Rätsels Lösung. Christoph war bei der Bank nicht übernommen worden und schlug sich jetzt mit einem Aushilfsjob durch. Eigentlich nichts Schlimmes bei der derzeitigen Lage am Arbeitsmarkt, hatte sie doch selbst lange Zeit nach Arbeit gesucht und war extra umgezogen, als sie ihre jetzige Stelle bekommen hatte. Aber warum hatte er sie angelogen? Für wen hielt er sie? Sie war wütend.

Christoph bemerkte ihre Verärgerung und hatte dies offenbar vorausgesehen. „Ich hab' dir ein Geschenk mitgebracht", sagte er und lächelte hoffnungsvoll.

Der unmittelbare Effekt war jedoch nicht der erhoffte. Wie heißes Wasser, das man in einem Kessel zum Sieden bringt, kochte die Wut vor Beatrice' geistigem Auge. Ein rotes Tuch senkte sich vor ihre Wahrnehmung. „Ein Geschenk?! – Willst du mich kaufen? Oder bestechen?", zischte sie giftig zwischen kaum geöffneten Zähnen hervor.

Christoph war durch ihre Reaktion eingeschüchtert und antwortete nicht sofort. Auf ihrem Gesicht erschien ein maliziöses Lächeln, wie er es noch nie an ihr gesehen hatte und das so gar nicht zu ihrem Wesen passen wollte, dann explodierte sie geradezu in ihrer Wut und schrie ihn an: „Und wenn du mir die ganze Welt schenken wolltest, es würde dir nichts mehr nützen!"

Lange Jahre der Lagerung in dem feuchtkalten Keller hatten dem Wein eine granatrote Farbe gegeben. Malia betrachtete das erlesene Getränk, mit dem sie ein schweres Kristallglas zur Hälfte gefüllt hatte. Sie setzte das Glas an die Lippen, nahm genüsslich einen kräftigen Schluck und schaute wieder aus dem Fenster. Da hinten, jenseits des Flusses, waren die Dächer der Altstadthäuser zu sehen. Unter einem dieser Dächer wohnte Beatrice. Der Himmel sah aus, als wolle er gleich kalten und nassen Schneeregen auf die Welt unter sich fallen lassen.

Christoph fuhr erschrocken zurück. Dann ermannte er sich und versuchte nochmals zu lächeln. „Die ganze Welt kann ich dir nicht schenken, aber wie findest du den hier …?" Er hatte seinen Rucksack geöffnet und holte etwas hervor. Es war ein Teddybär. Kaum größer als eine Männerhand. Beatrice war verstummt und blickte still auf das kleine Kuschelwesen, welches sie mit dunklen Knopfaugen und trauriger Schnute anschaute. Keiner ihrer früheren Freunde hatte ihr je einen Teddybären geschenkt. Sie war gerührt. Verlegen räusperte sie sich und nahm das Plüschtier in die Hand. „Na ja, der ist ja wirklich süß", sagte sie. Der maliziöse Ausdruck war aus ihrem Gesicht verschwunden.

Malia hielt kein Glas mehr in der Hand. Ihre Rechte war zur Faust geballt. Unmittelbar vor ihr lagen Scherben auf dem Parkettboden. Auch Stiel und Fuß des Kristallglases. Spritzer und kleine Lachen des Weines waren dabei zu sehen.

Langsam öffnete sie ihre Faust. Glassplitter und Scherben von geringer Größe steckten in ihrer Handfläche und in ihren Fingern. Kein Tropfen Blut zeigte sich. Mit unbewegtem Gesicht schaute sie noch immer aus dem Fenster. Einige Strahlen der Sonne hatten überraschend ihren Weg durch die Wolken gefunden und machten den Tag freundlicher. Mit einer beiläufigen Bewegung wischte sie sich die Hand an ihrer Hüfte ab. Sie ging zu dem Empiretisch und nahm die Weinflasche. Diese war noch zu gut zwei Dritteln gefüllt. Einen Moment lang sah es so aus, als wolle sie die Flasche zu Boden schmettern. Dann aber verschloss sie sie sorgfältig und räumte sie weg. Mit verschränkten Armen stellte sie sich wieder ans Fenster, betrachtete den verwilderten Garten, die hohen, alten Bäume auf der Uferwiese und den schnell dahinströmenden Fluss. Und die Häuser der Altstadt in der Ferne. Sie blieb am Fenster stehen, blickte hinaus, wartete, bis es dunkel geworden war.

IX

Noch nicht lange hatte sich die sternenlose Schwärze der Nacht wie ein dunkles Dach über der Stadt ausgebreitet, da lagen Beatrice und Christoph schon im Bett und verschwendeten keine Gedanken mehr an das Vergangene. Auch den plötzlich aufheulenden Wind draußen und die Schneeböen, die er mit sich brachte, beachteten sie nicht.

Ein krachender Lärm, laut wie ein Donnerschlag und unmittelbar gefolgt von einem dumpfen Brechen, lies sie auffahren. Schneeflocken wirbelten durch das Zimmer und legten sich kalt auf ihre nackte Haut. Zu Tode erschrocken suchten ihre Blicke zu erkunden, was passiert war. Ein mächtiger Windstoß hatte die altersschwache Verriegelung des Fensters aufgedrückt. Ruckartig war das Fenster aufgesprungen, hatte dabei den großen Blumentopf mit Beatrice' Madagaskar-Palme vom Fensterbrett gefegt und gewährte nun den tobenden Elementen ungehinderten Zugang.

Nach einigen Schrecksekunden stieg Christoph aus dem Bett, um das Fenster zu schließen. Beatrice verharrte und zog sich die Bettdecke bis ans Kinn.

Er hatte das Fenster noch nicht ganz erreicht, als urplötzlich ein Wesen aus dem wilden, schwarzweißen Durcheinander von Nacht und Schnee auftauchte und ihm mit einem markerschütternden Schrei ins Gesicht fuhr. Scharfe Krallen rissen blutige Wunden unterhalb seines Halses. Der Hieb eines harten und spitzen Schnabels auf seine Stirn verfehlte sein linkes Auge nur um wenige Zentimeter. Panisch um sich schlagend taumelte er zurück. Sein erster Schlag traf noch einen federbesetzten Leib, die weiteren Schläge nichts mehr. Er hörte Beatrice's Stimme nah bei sich, nahm wahr, wie sie ihn festzuhalten versuchte. Als ihm gewahr wurde, dass der furchtbare Angreifer nicht mehr da war, hielt er inne und starrte schwer atmend auf das noch immer offene Fenster. Die Schneeböen hatten nachgelassen, nur einige feine Flocken fanden noch den Weg ins Zimmer. Beatrice hielt ihn fest umklammert, und auch er hatte seinen Arm um sie gelegt. Sie spürten jetzt erneut die Kälte und Beatrice machte sich los, ging zum Fenster und schloss es endlich wieder zu.

„Was war das?", fragte Christoph. Das Zittern in seiner Stimme konnte er nicht verbergen.

„Ein Vogel ... ein großer Vogel ... wie eine riesige Krähe sah er aus ..."

Christoph fasste sich allmählich wieder. „Das verdammte Biest hat mich ganz schön erschreckt ..."

„Und verletzt. Du blutest an der Brust und am Kopf. Ich hole Melissengeist und mache davon auf die Wunden, das desinfiziert." Sie ging in die Küche und kam mit einer kleinen Flasche wieder. „Leg Dich auf's Bett. Dann geht es besser."

Während Christoph ihrer Aufforderung folgte, fiel sein Blick beiläufig auf ein kleines dunkles Etwas, das in der Nähe des Fensters auf dem Boden lag. Ein Klumpen Erde aus dem Blumentopf mochte es sein, aber hatte es sich nicht gerade bewegt, zumindest leicht gezuckt ...?

„Aaauuuh!!!" Christoph wollte auffahren. Während er mit

seinen Gedanken bei dem kleinen Ding unter dem Fenster gewesen war, hatte Beatrice ihm eine ordentliche Portion Melissengeist über die Wunden gekippt. Zuvor waren sie ihm kaum bewusst geworden, aber nun spürte er schmerzhaftes Brennen.

„Halt still. Das muss jetzt sein. Auf deinen Kopf tue ich auch noch was. So, bleib' einen Moment liegen, damit es gut einwirken kann."

„Glaubst du, dass Melissengeist das Richtige ist?"

„Hm. Meine Mutter und meine Oma haben das immer benutzt, wenn wir uns als Kinder verletzt hatten. Aber ich denke, du solltest zu einem Arzt gehen. Vielleicht brauchst du eine Spritze. Wahrscheinlich ist es auch besser, wenn die Wunden genäht werden. Es gibt einen Bereitschaftsdienst, nicht weit von hier."

Christoph zog sich an. Da Beatrice nicht einmal Verbandszeug hatte, legte er sich ein in Melissengeist getränktes Taschentuch über die Wunden auf der Brust und hielt es mit der Hand fest. Dann bemerkte er wieder das kleine schwärzliche Ding, das neben dem zerbrochenen Topf auf dem Fußboden lag. Neugierig, aber arglos, ging er hin und bückte sich. Da nach wie vor nur die Nachtischlampe eingeschaltet war, war es ziemlich dunkel im Raum. Ungläubig kniff er die Augen zusammen.

„Beatrice ..., mach doch mal das Deckenlicht an ..."

Das Licht ging an und von einem Augenblick auf den anderen hatte er ein klares Bild vor seinen Augen. Eine Ratte lag in ihrem Blut. Eine kleine, dicke Ratte mit langem Schwanz und klaffender Wunde am Hals. Sie bewegte sich nicht mehr und die Blutlache hatte sich bereits weit um sie herum ausgebreitet. Feucht und dunkel glänzend hob sich der große Fleck von dem hellen Teppichboden ab. Man mochte nicht glauben, das so viel Blut in so einem kleinen Wesen sein konnte.

Beatrice war hinzugetreten und stand wortlos neben Christoph, den Blick auf die tote Ratte gerichtet.

Ruckartig richtete Christoph sich auf, öffnete das Fenster, packte den schlaffen Körper des verendeten Tieres und schleuderte ihn mit aller Kraft hinaus in die Nacht. Schnell schloss er das Fenster wieder. Seine rechte Hand war nun auch voller Rattenblut, während er die linke noch immer auf seine Brust gedrückt hielt. Dass er auch den Fenstergriff mit Blut beschmutzt hatte, wurde ihm gar nicht bewusst.

„Die hat der verdammte Vogel fallenlassen", schimpfte er.

Sie betrachteten die Verwüstung auf dem Boden: Blut, Erde, die verunglückte Madagaskar-Palme sowie Scherben von dem Blumentopf und einem Wasserglas lagen herum.

„Am besten, ich gehe allein zum Arzt und du machst in der Zwischenzeit hier sauber", brummte Christoph verdrossen.

Beatrice nickte und sagte leise ja. Sie starrte noch immer wie benommen auf das Chaos auf dem Fußboden.

Nachdem Christoph sich die Hand gewaschen und Beatrice noch einmal in den Arm genommen und ihr einen Kuss gegeben hatte, verließ er die Wohnung. Beatrice setzte sich auf ihr Sofa und schloss die Augen. Seit gestern Abend war weit mehr passiert, als sie in zwei Tagen verarbeiten konnte.

X

Missmutig ging Christoph durch die belebte Fußgängerzone.
Der ärztliche Bereitschaftsdienst lag in Richtung Talheim.
Beatrice' Meinung, dass das „nicht weit von hier" wäre,
konnte er nicht teilen, denn er würde über eine halbe Stunde
zu laufen haben. Die Straßenbahn in diese Richtung hatte
er gerade verpasst und ein Taxi war ihm zu teuer. Bei dem
nasskalten Wetter war der Fußmarsch kein Vergnügen, aber
wenigstens fiel im Moment weder Schnee noch Regen. Mit
der linken Hand hielt er noch immer das Taschentuch auf
seiner Brust fest, obwohl sie ihm langsam kalt und klamm
wurde. Trotz des ungemütlichen Wetters waren Scharen von
Menschen unterwegs. Es war eben Samstagabend und er befand sich mitten in der Innenstadt. Die meisten Menschen
waren jung und sahen glücklich und irgendwie erfolgreich
aus. Ob sie es auch waren? Er dachte an seine eigene miss-
liche Lage und wie er versucht hatte, sie vor Beatrice zu
verheimlichen. Ärgerlich und peinlich war es gewesen, als
er ihr die Wahrheit hatte gestehen müssen, aber wenigstens
war sie ihm nicht lange böse gewesen. Es hätte trotz allem
ein wirklich schöner Abend werden können, wenn dieser
verfluchte Vogel nicht aufgetaucht wäre.

Als er das Ende der Fußgängerzone erreicht hatte, durch-
querte er eine Unterführung unter einer stark befahrenen
Straße und betrat den Stadtpark. Dort ging er eine Weile

auf dem Hauptweg, bog dann aber ab und lief querfeldein über den Rasen. Der schnellste Weg für einen Fußgänger, um von der Altstadt zu dem Bereitschaftsdienst zu kommen. Der Boden war aufgeweicht und rutschig und gerade setzte neuer Schneeregen ein. Er spürte, wie seine Schuhe die Feuchtigkeit durchließen und er nasse Füße bekam. Christoph fluchte leise vor sich hin. In der Aufregung vorhin hatte er vergessen, wenigstens seinen Regenschirm mitzunehmen. Hätte er bloß ein Taxi genommen. Verdammtes Geld.

Hohe alte Bäume standen hier und da auf dem Rasen. Da er sich immer weiter von dem regulären Weg entfernte, ließ er auch das Licht der Parklampen hinter sich und konnte in der Dunkelheit die Formen der Bäume nur vage erkennen. Aber er war diese Strecke bei Tag schon oft gelaufen (wenn er das Geld für die Straßenbahn hatte sparen wollen) und zuversichtlich, auch in der Nacht seinen Weg zu finden. In einigen Minuten würde er an einem Teich vorbeikommen und dann war es nicht mehr sehr weit bis zur Talheimer Straße.

Der Schneeregen ging in Schneetreiben über und die Schneeflocken wurden größer. Christophs Kopf war schnell mit einer nassen weißen Schicht bedeckt. Sein sympathisches und anziehendes Gesicht mit der leicht gebogenen Nase und den hohen Wangenknochen wirkte schmaler und bleicher als sonst, während er eilig über die matschige Wiese mit dem kurzen Gras schritt. Von Zeit zu Zeit wechselte er die Hand, mit der er das Taschentuch auf seine Brust gedrückt hielt. Manchmal beschleunigte er seine Schritte, nur um bald wieder in einen langsameren Gang zurückzufallen. Einmal rutschte er aus und stolperte vorwärts, konnte aber einen Sturz vermeiden.

Jeden Moment rechnete er jetzt damit, den Teich zu erreichen und versuchte ungeduldig, irgendetwas durch den nächtlichen Schneefall zu erkennen. Aber jeder Weg scheint länger als sonst, wenn man ihn unter solchen Umständen zurücklegen muss, wie Christoph es gerade tat. Endlich nahm er rechts vor sich die baumlose dunkle Fläche des Wassers wahr. Nun wußte er genau, wo er sich befand und dass er nicht falsch gelaufen war.

Plötzlich hielt er inne. Einige Meter vor ihm stand eine hohe und schlanke Gestalt am Rande des Teiches. Sie bewegte sich nicht und er konnte nicht sehen, wohin sie ihr Gesicht gewandt hatte, aber auf jeden Fall war es eine menschliche Gestalt. Um diese Zeit und bei diesem Wetter hier jemand zu treffen, überraschte ihn und gab ihm ein ungutes Gefühl. Und warum stand der andere so regungslos, wie ein Mensch, der im Frühling die ersten warmen Sonnenstrahlen genießt? Er selbst hatte jetzt ein Stück am Ufer des kleinen Sees entlangzulaufen, beschloss aber, erst mal einen großen Bogen um die seltsame Person zu machen und sich dann dem Wasser zu nähern.

Seinen Blick auf die dunkle Figur gerichtet, ging er weiter. Eine große Schneeflocke fiel im direkt ins Auge und er blinzelte ein paarmal. Als seine Augen wieder die Gestalt suchten, war sie verschwunden und nur die wehenden Schneeflocken vor der schwarzen Wasserfläche konnte er noch sehen. Irritiert versuchte er, die schemenhafte Form wiederzufinden, während er sich allmählich dem Teich näherte. Als er wieder nach vorne schaute, sah er sie. Sie war weitergelaufen, genau in die Richtung, die er auch nehmen wollte. Und sie schien ihm etwas näher gekommen zu sein.

Christoph wurde es allmählich unheimlich zumute. Er lief

schneller und verlor sein Gegenüber aus den Augen, aber als er schon glaubte, sie abgehängt zu haben und sich wieder dem Wasser zuwandte, sah er sie erneut vor sich. Jetzt spürte er, wie ihm trotz der nassen Kälte Hitze in den Kopf stieg und ihm der Angstschweiß ausbrach. Ohne Zweifel hatte es der andere in irgendeiner Weise auf ihn abgesehen. Aber was wollte der Fremde? Wollte er ihn berauben oder erlaubte er sich nur einen Scherz? Wollte er zu seinem Vergnügen jemand verprügeln oder war es gar ein echter Verrückter? Christoph war kein Feigling, aber ein vorsichtiger Mensch und auf gar keinen Fall jemand, der sich gerne auf körperliche Auseinandersetzungen einließ. Und vor allem konnte er den anderen überhaupt nicht einschätzen, wußte nicht, ob dieser bewaffnet war oder irgendwelche Kampfkünste beherrschte.

Er beschloss, zu rennen. Beeilen wollte er sich ja sowieso und unter diesen Umständen schien es ihm auch keine große Schande zu sein, davonzulaufen. Außer dem komischen Fremden war niemand da, und Flucht würde auf alle Fälle Ärger, welcher Art auch immer, vermeiden. Da er schon immer ein guter Läufer gewesen war, war er sich sicher, den anderen schnell abhängen zu können und eine angenehmere, belebtere Umgebung zu erreichen.

Ein paar Augenblicke wartete er noch. Dann, als sein Verfolger wieder einmal in der schneedurchwehten Nacht zu verschwinden schien, rannte er los. Er beschleunigte seinen Lauf, so schnell er konnte. Der Boden war auch hier rutschig, darauf mußte er Rücksicht nehmen und erreichte nicht seine volle Geschwindigkeit. Aber dieses Problem würde der andere auch haben, falls er überhaupt versuchen würde, ihm zu folgen. Nur nicht hinfallen, das war wichtig. Das Taschentuch auf seiner Brust hatte er längst losgelassen, aber das war jetzt nicht von Bedeutung. Nasser Schnee schlug ihm ins Gesicht und kalte Luft schoss in seine Lungen. Er rannte und rannte, bis er nicht mehr konnte und keuchend seinen Lauf verlangsamen mußte. Die kalte Luft schnitt wie scharfer Stahl in seine Kehle. Aber er sah Straßenlampen in der Ferne. Die Talheimer Straße. Es waren höchstens noch hundertfünfzig Meter. Da hörte er schnelle Schritte hinter sich. Er drehte den Kopf und schaute sich um. Es war sein Verfolger. Der jagte ihm tatsächlich hinterher. Nur noch wenige Meter entfernt war er und näherte sich schnell. Christoph wurde von Panik ergriffen. Zwar mobilisierte er alle seine Kräfte um noch einmal loszurennen, aber er konnte gar nicht glauben, dass ihm der Fremde so nah auf den Fersen geblieben war, und das lähmte ihn fast für einige Momente. Er riss sich zusammen und rannte, so schnell er konnte. Näher und näher kam er den hell leuchtenden Lampen. Schon erhellte der Lichtschein ein wenig seine Umgebung, aber er spürte, dass er am Ende seiner Kräfte war. Immer deutlicher hörte er die Schritte des anderen. Im Laufen blickte er noch einmal nach hinten und sah ein Gesicht. Ein weibliches Gesicht. Lange, wehende schwarze Haare. Eine Frau war es, die ihn verfolgte. Instinktiv verpuffte seine Angst und völlig verblüfft hielt er an und drehte sich um.

„Was-"

Sie prallte mit der ganzen Wucht ihres Körpers auf ihn.

Es war, als wäre er von einem Auto in voller Fahrt erfasst worden. Er wurde mehrere Meter weit geschleudert und blieb benommen liegen.

Die Angreiferin war Malia und sie war bei dem Zusammenprall nicht zu Boden gegangen. Ohne Hast näherte sie sich ihrem Opfer. Er bot einen kläglichen Anblick, wie er so zusammengekrümmt auf dem schneenassen Rasen lag. Er bewegte sich, richtete den Oberkörper leicht auf und hob den Kopf. Die Angst kehrte in sein Gesicht zurück und mischte sich mit der Verblüffung. Er sagte etwas, stellte Fragen, aber sie antwortete ihm nicht. Er versuchte aufzustehen, fiel aber mit einem Schmerzensschrei wieder zu Boden. Sein Mund war offen, aber er sprach jetzt nicht mehr. Da sein Fuß verletzt war, versuchte er, sich von ihr fortzuschleppen. Ein sinnloses Bemühen.

Christoph hatte Malia erkannt. Schon bei ihrer letzten Begegnung hatte er Beklemmung empfunden, als er die Abneigung spürte, die sie ihm entgegenbrachte, ohne dass er sich dafür einen Grund vorstellen konnte. Aber was nun geschah, war jenseits seines Verständnisses. Je näher sie ihm kam, desto schrecklicher wurde ihr Anblick. Ihre langen schwarzen Haare wehten wild in dem Schneesturm, der jetzt tobte. Ihre Augen glänzten wie poliertes Zinn und hatten nichts Menschliches mehr an sich. Der Blick aus diesen furchtbaren, metallisch glänzenden Augen hielt ihn fest; er machte keine Versuche mehr, ihr zu entkommen, sondern blieb bewegungslos liegen, als sie sich über ihn beugte und ihr Gesicht dem seinen näherte. Wie hypnotisiert starrte er in dieses Gesicht und fühlte eine perverse Faszination in sich aufkommen, als der zinnerne Glanz nachließ und er wieder die dunklen Augen der attraktiven Frau sah, die ihm zuvor zweimal begegnet war. Für Augenblicke glaubte er Wärme und auch eine gewisse Traurigkeit darin zu sehen, dann aber waren sie wie verderbliche Seen, die ihn mitleidslos auf den kalten, dunklen Grund zogen und dort dem Tode preisgaben.

Jetzt öffneten sich ihre großen, karmesinroten Lippen

leicht und schienen einen Moment lang zu lächeln. Dann zeigte sie ihm die Zähne. Lange, spitze und steil aufgerichtete Zähne. Wie die Fänge eines wilden Tieres ragten sie hinter den blutdurchpulsten Lippen hervor.

Sein Verstand weigerte sich zu glauben, was er sah. Aber als sie ihre Hand ausstreckte und ihm den Schal vom Hals riss, ging ein Ruck durch ihn. Die Kraft sich zu bewegen kehrte noch einmal zurück und er rollte sich zur Seite, um diesem Wesen, das aus den Tiefen der Unterwelt heraufgestiegen zu sein schien, zu entkommen.

Zwei rasche Schritte und sie war wieder bei ihm. Sie packte ihn bei den Armen, zwang ihn auf den Rücken und warf sich auf ihn. Er wollte sich wehren, aber sie war stärker als er. Mit einer gedankenschnellen Bewegung griff sie seinen Kopf, drehte ihn auf die Seite und stieß ihre Zähne tief in seinen Hals. Warmes Blut spritzte auf den kalten Schnee und hinterließ rotgefärbte Löcher in der weißen Decke. Sie bestanden nur für Sekunden, dann hatten die dicken Flocken sie wieder geschlossen.

Nicht weit von der Stelle, an der Malia gerade ihr grausiges Mahl begann, waren zwei Frauen und zwei Männer auf der weitläufigen Wiese des Stadtparks unterwegs.

„Dass es so ungemütlich wird, hätte ich nicht gedacht." Der Mann zog seinen Kragen noch ein Stück höher, um sich besser gegen Wind und Wetter zu schützen.

„Wie sind wir bloß auf die Idee gekommen, Hunde zu züchten?!", fragte die Frau neben ihm halb lachend und halb klagend.

„Na hoffentlich kündigt ihr uns jetzt nicht die Freundschaft auf, denn wenn ich so nachdenke, dann glaube ich fast, dass wir es waren, die euch dazu gebracht haben", scherzte die andere Frau.

„Im Moment sollten wir lieber dafür sorgen, dass sie bei Fuß gehen", schaltete sich der zweite Mann ein. „Ich kann gerade keinen einzigen mehr von ihnen sehen und das gefällt mir überhaupt nicht."

Ein Stück entfernt erklang wütendes Gebell durch das nächtliche Schneetreiben.

„Nero, Messalina, hier!"

„Brutus, Xena, hier!"

Aggressives Bellen, laut wie das Brüllen eines Bären, veranlasste Malia ihr blutiges Tun zu unterbrechen. Sie löste ihre Zähne aus Christophs Hals und drehte den Kopf. Es war ein riesiger Schäferhund, ein Exemplar von einer Größe, bei der der Volksmund respektvoll von einem Wolfshund spricht. Bei seinem donnernden Bellen entblößte das Monster ein gewaltiges Raubtiergebiss mit großen Reißzähnen. Als Malia ihm das Gesicht zuwandte machte der Hund einen Satz rückwärts und verharrte in einer geduckten, sprungbereiten Stellung, gefährlich knurrend und ab und zu bellend, mit angelegten Ohren und die Zähne fletschend.

„Fort, verdammtes Vieh!", zischte sie und versuchte ihn mit Handbewegungen zu verjagen.

Ein zweiter Wolfshund tauchte neben dem ersten auf. Ein dritter. Und ein vierter. Einer größer als der andere. In einem Halbkreis standen sie um Malia und Christoph, der von dem großen Blutverlust fast besinnungslos war und sich nur schwach bewegte. Das Bellen der Hunde war ohrenbetäubend. Sie sprangen vor und sie sprangen zurück, den Kreis dabei allmählich immer enger ziehend.

Malia stand gerade auf, als Brutus vorschnellte. Ein Tritt von ihr traf ihn an der Brust, so dass sein Sprung jäh gestoppt wurde und er sich rücklings überschlug. Als er mit vor Wut schäumenden Lefzen wieder auf die Beine kam, hatten die anderen den Angriff bereits fortgesetzt. Messalina hatte Malias Arm gepackt, aber ein schmerzhafter Schlag auf die empfindliche Nase schlug die Hündin für einen Moment in die Flucht. Xena hechtete sich von vorne auf sie, um ihr die Gurgel zu zerfleischen, wurde jedoch rechtzeitig von ihr ergriffen und fortgeschleudert. Als Nero sie von hinten ansprang und seine Zähne in ihren Nacken schlug, wurde sie umgeworfen und wälzte sich zusammen mit dem Hund über den Boden. Das Tier hatte sich festgebissen und wollte nicht loslassen. Die knochenzermalmende Beißkraft dieses Monsters drohte ihr das Genick zu brechen und das wäre ihr Ende gewesen. Als spürten sie, dass sie kurz vor dem endgültigen Sieg über ihre Beute standen, stürzten sich jetzt auch die restlichen Wolfshunde wieder auf ihr Opfer und verbissen sich wahllos in Armen und anderen Körperteilen.

„BRUTUS, XENA, HÖRT AUF!"

„MESSALINA, HIER! NERO LASS LOS!!!"

Die Hundebesitzer hatten den Kampfplatz erreicht und versuchten verzweifelt, ihre Tiere unter Kontrolle zu bekommen. Nach mehreren harten Schlägen seines Frauchens ließ endlich auch Nero los. Sprachlos vor Entsetzten schauten die vier auf den im Schnee liegenden Körper, die immer noch aufgeregten Hunde mühsam festhaltend. Es schneite nur noch ganz leicht.

Die Frau am Boden bewegte sich und stand zu ihrer Überraschung auf. Sie warf ihnen einen kurzen Blick zu, dann rannte sie davon. Nicht zu der nahen Straße, sondern zurück in die Dunkelheit des Parks. Die Hunde erhoben wieder ein fürchterliches Gebell und wollten ihr nach. Nur mit äußerster Anstrengung konnten ihre Besitzer sie halten.

Völlig verblüfft standen sie da, nachdem die Hunde sich wieder halbwegs beruhigt hatten und schauten in die Richtung, in die Malia verschwunden war. Nichts war mehr von ihr zu sehen. Die Nacht hatte sie verschluckt.

„Es scheint ihr nicht viel passiert zu sein", sagte einer der Männer ungläubig.

„Sie ist vielleicht völlig verängstigt", vermutete seine Frau.

„Auf jeden Fall kann sie nicht schwer verletzt sein, sonst hätte sie nicht so davonrennen können", stellte der andere Mann fest.

Die Frau, die Nero hielt, hatte noch immer große Mühe, das gewaltige Tier im Zaum zu halten. Bellend zog der Wolfshund in die Richtung, in die Malia verschwunden war. „Nero sitz, verdammt noch mal! Ich habe ihn noch nie so erlebt, ich weiß wirklich nicht, was mit ihm los ist. Klaus, nimm du ihn doch bitte mal, vielleicht hört er auf dich eher."

Sie wechselten die Hunde. Klaus brachte Nero dazu, sich zu setzten. „Ich kann mir das nicht erklären ...", sagte er, „sie hätte Hackfleisch sein müssen".

„Sollten wir es der Polizei melden ...?"

Niemand antwortete.

„Warten wir ab ...", entschied Klaus schließlich und wandte sich zum Gehen. „Nero komm- Moment mal, was liegt denn dort drüben?!"

Jetzt erst bemerkten sie Christoph, und wieder wollte ihnen das Herz vor Schreck stillstehen, denn in ihm konnten sie nur ein Opfer ihrer Hunde vermuten.

Klaus gab Nero, der sich mittlerweile beruhigt hatte, an seine Freundin ab, ging zu Christoph und beugte sich über ihn. Der herüberreichende Lichtschein der Straßenlampen reichte gerade aus, um einigermaßen etwas zu sehen.

Christoph lag auf dem Rücken und bewegte sich nicht. Die Augen hatte er geschlossen. An seinem Hals waren zwei kleine, nah beieinander liegende Wunden, aus denen Blut herauslief.

Klaus legte seine Hand auf den Boden, um sich abzustützen, zog sie aber sofort erschreckt wieder zurück. Er hatte das warme Blut gespürt, das an dieser Stelle in der kalten Erde versickerte. Entsetzt betrachtete er seine blutverschmierte Hand. Die zitternde Stimme seines Freundes riss ihn aus seiner Erstarrung.

„Klaus was ist los? Lebt er? Ist er schwer verletzt?"

„Ich weiß nicht …, er blutet am Hals …, es sieht überhaupt nicht so aus, als ob die Hunde ihn gebissen hätten …"

Er verstummte. Die anderen schwiegen ebenfalls, waren immer noch schockiert und benommen, wußten nicht, was sie sagen sollten. Plötzlich richtete sich Klaus ruckartig auf und rief: „Er braucht eine Arzt! Schnell! Ruft einen Arzt!"

Seine Freundin Heike holte hastig ihr Mobiltelefon aus der Jacke und hielt es so, das die Tasten so weit wie möglich von dem entfernten Schein der Lampen erhellt wurden.

„Welche Nummer?", fragte sie mit hektischer Stimme.

Wieder war einen Moment Schweigen. „Den Notruf! 110!", rief die andere Frau.

Heike tippte auf dem Telefon herum. „Es geht nicht! Die Akkus müssen leer sein!"

„Habt Ihr euer Handy dabei?", fragte Klaus die beiden anderen.

„Nein, das haben wir nicht dabei. Aber es muss doch irgendwo eine Telefonzelle geben!"

Es verging noch viel Zeit, bis Christoph endlich ins Krankenhaus kam.

XI

Malia hatte schnell wieder aufgehört zu rennen. Mit auffallend langsamen, fast schon unsicheren Schritten ging sie über den schneebedeckten Rasen der ausgedehnten Parklandschaft. Aus dem schwarzen Himmel fielen einzelne, feine Schneeflöckchen, die immer wieder für kurze Zeit von dicken, dicht fallenden Flocken abgelöst wurden. Der Himmel schien nicht recht zu wissen, ob er es schneien lassen sollte oder nicht.

Immer langsamer wurden ihre Schritte. Sie erreichte den Teich, blieb vollends stehen und schaute auf das dunkle Wasser. Von ihrem langen schwarzen Ledermantel tropfte Blut in den Schnee. Der lange Mantel war ganz und gar mit Blut beschmiert und ihre langen schwarzen Haare waren ganz mit Blut verklebt. Es war nicht Christophs Blut, es war ihr eigenes Blut. Das Blut lief links und rechts und hinten aus ihrem zerfleischten Hals. Es floss aus dem fast zerbissenen Knochen in ihrem Hals, der teilweise nicht mehr von Haut und Fleisch bedeckt war.

Sie wandte ihren Blick vom Wasser ab und schaute in Richtung Altstadt, dorthin, wo Beatrice wohnte. Mit der Hand betastete sie ihren zerstörten Hals und den halb zermalmten Knochen, aus dem das Blut floss. Sie machte sich nicht die Mühe, die blutbesudelte Hand irgendwo abzuwischen. „Vier elende Köter", murmelte sie leise, und blutiger

Schaum kam dabei aus ihrem Mund. Die Augen wieder auf den Teich gerichtet, blieb sie noch einige Sekunden ruhig stehen, dann brach sie in die Knie und mit einem Schrei voll kosmischer Qual brüllte sie den Namen von Beatrice über das stille Wasser.

Beatrice saß auf ihrem Sofa und schaute sich eine Musikshow im Fernsehen an. Den Fußboden hatte sie saubergemacht, so gut es ging. Seit Christoph die Wohnung verlassen hatte, war noch nicht einmal eine Stunde vergangen, deshalb rechnete sie damit, dass es noch ein Weile dauern konnte, bevor er zurück sein würde.

Ohne große Konzentration oder Anteilnahme verfolgte sie, wie die jungen Sängerinnen und Sänger in der TV-Sendung sich um die Gunst der Jury und des Publikums bemühten. Die Ereignisse der beiden letzten Tage, der Überfall der Straßenräuber, die seltsame Nacht bei Malia, das schreckliche Erlebnis im Keller, und zuletzt das Aufbrechen des Fensters, das Eindringen des Vogels, die tote Ratte, hatten Beatrice mehr als nur ein wenig verstört. Der Schreck beim Auftauchen der Räuber, der Ratten und des Vogels war groß gewesen, aber besonderes Unbehagen empfand sie, wenn sie an den Abend bei Malia dachte. Im Nachhinein konnte sie sich ihr eigenes Verhalten nicht erklären. Sie verstand nicht, wie sie Malia hatte küssen und wie sie es hatte zulassen können, dass Malia ihr die Kleider ausgezogen hatte. Aber obwohl ihr der Gedanke daran jetzt ziemlich unangenehm war, wußte sie genau, dass es ihr damals nicht unangenehm gewesen war. Die Erinnerung an das, was dann passiert war, ging ihr noch einmal durch den Kopf. Vor ihrem geistigen Auge sah sie Malias Busen über sich und das Blut, das davon herabtropfte. Sie erinnerte sich, wie ihr dieses Blut auf die Lippen getropft war und wie sie es mit der Zunge abgeleckt hatte. Sie erinnerte sich, dass das Blut nach schwerem, süßem Wein geschmeckt und wie sie schlagartig ein Gefühl berauschter Ekstase empfunden hatte und wunderliche Gedanken gekommen waren. Und damit hörte ihre Erinnerung auf. Oder doch nicht? Sie schloss die Augen und versuchte nachzudenken. Nichts. Sie richtete ihren Blick wieder auf den Fernseher, aber noch bevor sie den Bildschirm wahrnahm, sah sie ein anderes Bild. Wie ein böses Wesen tauchte es plötzlich in ihrem Bewußtsein auf. Sie sah Malias Gesicht, das sich ihr näherte und sie sah lange, spitze Zähne in ihrem Mund. Zähne, die Angst machten, Zähne, die Schmerz und Verletzung verhießen, Zähne, die ohne Gnade zubeißen würden. Aber an Schmerz, Verletzung oder irgend etwas Schlimmes konnte sie sich nicht erinnern. Außer ..., ja, an ein wenig Schmerz konnte sie sich doch erinnern, aber das war keine schlimme Erinnerung ... Dann fiel ihr die Wunde auf ihrer Brust ein. Sie stand schnell auf und ging ins Bad, machte ihren Busen frei und betrachtet ihn im Spiegel. Die Wunde war noch deutlich zu sehen. Zwei kleine rote Punkte unterhalb der Brustwarze. Eigentlich kaum der Rede wert ...

Sie zog sich wieder an und verließ das Bad. Es war ihr bewußt, dass das, was sie quälte, nicht von einer körperlichen Wunde, sondern aus ihrem Innersten kam. Aber was genau war los und warum ...? Waren Malias lange, spitze Zähne ein Hirngespinst von ihr oder hatte sie sie wirklich gesehen? Hatte sie wirklich Malias Blut getrunken oder spielte ihre Phantasie ihr nur einen bösen Streich? Wie hatte es sein können, dass sie urplötzlich eine Wirkung verspürt hatte, als hätte sie eine halbe Flasche Wein auf einmal ausgetrunken? Der Fernseher nervte sie. Sie schaltete ihn aus und ging zum Fenster, um hinauszusehen.

Obwohl sie ihr Gesicht ganz nahe an die Scheibe brachte, konnte sie nicht viel sehen, denn die Nacht war mond- und sternenlos. Sie öffnete einen Fensterflügel, um frische Luft hereinzulassen. In der Nähe war ein besonders hell erleuchtetes Dachfenster, in dessen Lichtschein man gut erkennen konnte, dass es noch immer schneite. Als sie ihre Hand aus dem Fenster hielt, spürte sie, wie die Schneeflocken sanft, kühl und feucht darauf niederfielen.

So blieb sie eine Weile stehen, bis es ihr zu kalt wurde und sie das Fenster wieder schloss. Und noch während sie sich umdrehte, hatte sie das Gefühl, dass irgend etwas ihren Geist berührt hatte, irgend etwas, das von draußen gekommen war, ein Gedanke, der gleich einem Vogel durch die Lüfte geflogen war, um eine Botschaft zu überbringen. Sie dachte an Malia. Was Malia wohl gerade machte? Es ging ihr nicht gut! Beatrice war sich intuitiv auf einmal sicher, dass es Malia nicht gut ging und dass sie ihre Hilfe brauchte.

Unruhig ging sie im Zimmer auf und ab.

Ich muss ihr helfen, dachte sie, das bin ich ihr schuldig, schließlich war sie in den letzten Wochen auch immer für mich da.

Sie zog ihre Straßenschuhe an und nahm den Mantel von der Garderobe.

Ständig waren wir zusammen und niemand mehr habe ich vermisst, nachdem ich sie kennengelernt hatte, nicht meine Familie, nicht meine Freundinnen, noch nicht einmal einen Freund habe ich mir gewünscht, bis …, ja, bis ich Christoph kennengelernt habe …

Beatrice hielt inne. Sie hatte bereits ihre Wohnung verlassen und war eilig die Treppe hinuntergestiegen. Langsam ging sie jetzt die letzten Schritte durch den Flur, öffnete die Haustür und trat auf den nassen Gehsteig. Auf der Straße lag die tote Ratte, die Christoph aus dem Fenster geworfen hatte.

„Beatrice, du bist wirklich total durcheinander", sagte sie zu sich selbst, „rennst hier völlig wirr aus dem Haus, wo Christoph doch gleich zurückkommen müßte." Woher will ich wissen, wie es Malia in diesem Moment gerade geht? So ein Unsinn. Ich weiß noch nicht einmal, ob sie überhaupt zu Hause wäre, wenn ich jetzt hingehen würde. Ich kann schließlich auch nichts dafür, dass sie kein Telefon hat.

Beatrice ging zurück ins Haus und schloss die Tür hinter sich zu.

Malia lag am Rande des Teiches auf dem Boden. Ihr Körper lag halb auf der Seite, die Hände rechts und links ihres Kopfes im Schnee. Ein Bein war ausgestreckt, das andere angewinkelt. Die langen schwarzen Haare waren in blutverklebten Strähnen um ihren Kopf herum ausgebreitet. Ihre dunklen Augen waren offen, aber sie sahen nicht den Teich oder den schneebedeckten Rasen. Sie schauten etwas an einem anderen Ort und ihr Ausdruck zeigte, dass es etwas von großer Bedeutung war. Wer in diesem Moment in ihre Augen geschaut hätte, hätte Mitleid mit ihr haben müssen, denn soeben wich angst- aber auch hoffnungsvolle Spannung einer großen Desillusion und Pein breitete sich aus, unendliche Pein und solche Pein konnte nur die Folge eines unermeßlichen Schmerzes der Seele sein. Doch so, wie bei manch unerwartet Sterbendem, der sich noch auf dem Totenbett mit seinem grausamen Schicksal versöhnt, wenn er an etwas denkt, das sein Leben lebenswert gemacht hat, so mußte es auch in Malias Bewußtsein etwas geben, das ihren Schmerz über das einsame Ende linderte, denn ihre von seelischer Qual entstellten Gesichtszüge entspannten sich wieder und ihr Antlitz zeigte Traurigkeit, aber nicht Verbitterung.

Sie schloss die Augen und öffnete sie nicht mehr.

Der Schnee fiel wieder stärker und deckte Malia langsam zu. Wie ein Leichentuch legte er sich über sie, bis sie ganz von Schnee bedeckt war und einer weißen Welle in einem nächtlichen Meer von Schnee glich. Dann kam auf einmal starker Wind auf und jagte die dicht fallenden Schneeflocken durch die Luft und auch der schon am Boden liegende Schnee wurde aufgewirbelt. Der Wind fegte über die weiße Welle, die Malia gewesen war und trug den Schnee ab, und nach einiger Zeit war die Welle verschwunden und Malia war ganz vergangen und verweht und der Ort war verlassen.

XII

Es war Sonntagmorgen und Beatrice war mit den Nerven am Ende. Christoph war die ganze Nacht nicht zurückgekommen. Nach Mitternacht hatte sie zuerst bei ihm zu Hause und dann bei dem ärztlichen Bereitschaftsdienst angerufen, aber zu Hause war er anscheinend nicht und bei dem Bereitschaftsdienst wußte man nichts von ihm. Er war nicht dort gewesen. Immer wieder wählte sie seine Telefonnummer, aber stets meldete sich nur der Anrufbeantworter.

Sie versuchte, ein Buch zu lesen, aber war nicht in der Lage, sich zu konzentrieren. Um irgend etwas zu tun, ging sie durch ihre Wohnung und räumte hier und da ein wenig auf.

In einer dunklen Ecke nahe des Bettes lagen die Kleider, die sie sich von Malia ausgeliehen hatte. Beatrice hatte den langen Jeansrock und den schwarzen Rollkragenpullover am Abend zuvor ziemlich achtlos auf den Boden geworfen. Sie hob die Kleidungsstücke auf, schüttelte sie aus und legte sie sorgfältig zusammen.

Den ganzen Vormittag wartete sie vergeblich auf einen Anruf von Christoph. Sie mochte nicht wieder glauben, dass er sie angelogen hatte und sich nur einen gemeinen Spaß mit ihr machte, um so mehr, als er sie gestern Abend nur wegen der Notwendigkeit einen Arzt aufzusuchen verlassen hatte. So wurde ihre Sorge und ihre Unruhe immer größer, mischte sich aber doch auch mit sich aufdrängenden Zweifeln hinsichtlich seines Charakters und seiner Ehrlichkeit, denn sie kannte ihn ja erst seit gerade mal zwei Wochen und wußte, dass sie keine besonders gute Menschenkennerin war. Diesen Mangel an Menschenkenntnis gestand sie sich zwar nicht gerne ein, mußte ihn aber zugeben, wenn sie sich an gewisse Enttäuschungen erinnerte, die ihr in ihrem Leben schon widerfahren waren. Den Gedanken, sich schon jetzt an die Polizei zu wenden, verwarf sie deshalb wieder, denn sie fürchtete, sich am Ende lächerlich zu machen.

Schließlich hielt sie es nicht mehr in der Wohnung aus und beschloss, zu Malia zu gehen. Wenn sie an die Nacht von Freitag auf Samstag dachte, hatte sie zwar ein komisches Gefühl und wußte gar nicht recht, wie sie sich ihrer Freundin gegenüber beim nächsten Treffen verhalten sollte, aber sie kannte sonst niemand, den sie hätte besuchen können und immerhin hatte sie einen guten Grund bei Malia vorbeizugehen, wenn sie ihr die geliehenen Kleider zurückbrachte. Sie packte Rock und Pullover in eine große Plastiktüte und machte sich auf den Weg.

Auch dieser Tag war grau und diesig und alles war nass. Der Schnee, der letzte Nacht noch einmal so reichlich gefallen war, konnte sich nicht gegen das zunehmend milder werdende Wetter behaupten und war schon wieder weitgehend verschwunden. In der Stadt war praktisch nichts mehr von ihm übrig, aber als Beatrice die alte Steinbrücke überquerte, konnte sie auf den Bergen und in den Wäldern, die Fluss und Stadt umgaben, noch sein mattes, weißes Leuchten erkennen. Auf der Uferwiese hingegen lagen nur noch traurige Reste.

Sie nahm den Fußgängerweg zwischen der Straße und der Wiese. Der Weg war oft von Baumreihen und meist auch von kleineren oder größeren Büschen eingefasst, die aber selten dicht oder hoch genug waren, um den Blick auf die Häuser jenseits der Straße ganz zu verdecken.

Auf der Uferwiese waren heute, im Gegensatz zum letzten Sonntag, kaum Spaziergänger unterwegs und anstelle des pulvrigen, strahlend weißen Schnees bedeckten nur noch vereinzelte, kleine und schmutzig weiße Flecken oder Streifen den dünnen Rasen. Beatrice sah den Anlegeplatz der Fähre.

Müde und trübsinnig schaute sie immer wieder nach den Häusern auf der anderen Straßenseite. Da die Büsche größer waren als am Anfang des Weges, konnte sie nur die oberen Hälften der Häuser sehen. Sie sahen alle sehr ähnlich aus: lauter hübsche kleine Villen (einige auch etwas größer), die bestimmt schon über 80 oder 90 Jahre alt waren, viele davon wahrscheinlich sogar über 100.

Eine gute Viertelstunde war vergangen, seit Beatrice an der Anlegestelle der Fähre vorbeigekommen war. Wenn sie ihre Erinnerung nicht trog, dann mußte sie das Haus, in dem Malia wohnte, jetzt jeden Moment sehen. Sie verlangsamte ihren Gang und schaute unschlüssig zu den Häusern hinüber. Eine nach der anderen kamen die schmucken Villen in ihr Blickfeld, aber keine schien ihr die richtige zu sein. Sie verließ den Weg und trat an den Straßenrand um die Häuser besser sehen zu können.

Muss das Haus nicht etwas abseits von den anderen liegen?, überlegte sie. Wie wäre sonst der riesige Keller möglich?

Sie ging weiter, direkt an der Straße entlang. Ihre Schritte wurden wieder schneller, während sie mit wachsender Ungeduld die Häuser betrachtete.

Das kann doch nicht sein, dachte sie, ich müßte das Haus längst erreicht haben. Aber ich kann mich auch nicht mehr genau erinnern, wie es aussah. Darauf habe ich überhaupt nicht geachtet …, eine hohe Hecke hatte es, glaube ich …

Wenige Minuten später erreichte sie das Ende des Stadtteils. Weiter zu gehen war sinnlos, denn es kamen keine Häuser mehr. Sie machte kehrt und ging die gleiche Strecke zurück, jetzt immer direkt am Straßenrand bleibend.

Habe ich mich geirrt und wir sind von der Fähre aus in die andere Richtung gelaufen?, fragte sie sich. Oder ist das Haus vielleicht gar nicht direkt an der Uferstraße, sondern in der zweiten Reihe?

Eine halbe Stunde später war sie wieder bei der alten Steinbrücke.

„Verdammt, das kann doch nicht wahr sein", schimpfte sie vor sich hin, ihre Stimme vor Ärger und Unglauben zitternd.

Resigniert setzte sie sich auf eine Bank an der Uferwiese, um sich auszuruhen und zu beruhigen. Die Plastiktüte mit Malias Kleidern stellte sie neben sich auf die Bank.

„Ich gebe es auf", seufzte sie, „morgen werde ich sie ja sowieso sehen."

Als sie aufstand, vergaß sie die Tüte. Später bemerkte sie es und ging noch einmal zu der Bank zurück, aber die Tüte war nicht mehr da.

Zurück in ihrer Wohnung schaute sie zuerst auf den Anrufbeantworter. Das Licht blinkte nicht. Sie hatte noch immer keine Nachricht von Christoph.

Am nächsten Tag ging sie so spät wie möglich zur Arbeit und war froh, dass niemand etwas Besonderes von ihr wollte.

Auf Malia wartete sie in der Kantine vergeblich. Es war das erste Mal seit Wochen, dass sie hier allein beim Mittagessen saß.

Sie wußte weder Malias geschäftliche Telefonnummer, noch wußte sie, bei welcher Firma genau ihre Freundin eigentlich arbeitete (in dem großen Bürokomplex gab es mindestens ein halbes Dutzend verschiedener Call-Center). Sie wußte noch nicht einmal ihren Nachnamen. Nach all dem hatte sie nie gefragt: Malia war immer da gewesen und das hatte genügt. Nur heute war sie nicht da, und Beatrice wußte nicht, ob sie morgen kommen würde.

Das Gefühl einer großen Leere breitete sich in ihr aus.

Auch am Dienstag kam Malia nicht in die Kantine. Beatrice ging nach dem Essen (von dem sie kaum etwas zu sich genommen hatte) nicht mehr an die Arbeit. Da sie Gleitzeit hatte und nicht auf Termin arbeitete, war das ohne weiteres möglich.

Noch immer hatte sie keinerlei Nachricht von Christoph. Und wenn sie bei ihm anrief, immer nur der Anrufbeantworter …, immer der gleiche Spruch … Wie eine Geisterstimme kam ihr die Stimme seines Anrufbeantworters mittlerweile schon vor. Sie wollte diese Unsicherheit nicht länger ertragen und nahm das Telefonbuch, um die Nummer der Polizei herauszusuchen.

Zaghaft und unbeholfen brachte sie ihr Anliegen vor.

Aber der Anruf führte tatsächlich schnell zu einem endgültigen Ergebnis. Bereits einen Tag später hatte sie Gewissheit: Christoph war im Park von einem unbekannten Angreifer, vermutlich einer rätselhaften Frau, tödlich verletzt worden.

Wieder lief sie die Straße mit den alten Villen entlang.

Sie wußte nicht, was mit Malia war, aber sie war voll verzweifelter Entschlossenheit, das Haus zu finden. Noch einmal ging sie die ganze Länge der Straße ab, soweit die Häuser reichten, erst in die eine Richtung und dann wieder zurück. Je länger ihre Suche nach dem richtigen Haus dauerte, desto weniger hatte sie eine Idee, welches es sein könnte. Schließlich begann sie an Türen zu klingeln, beschrieb Malia, fragte, ob irgend jemand sie kannte oder wußte, wo sie wohnte. Sie klingelte bei einem, zwei, drei, zehn, fünfzehn Häusern und fragte nach Malia. Die Bewohner schüttelten immer den Kopf und wunderten sich über die verwirrt wirkende junge Frau.

Beatrice wandte den Häusern den Rücken zu, überquerte die Straße und den Fußgängerweg und setzte sich auf eine Bank am Rande der Uferwiese. Jeglicher Schnee war verschwunden. Sie sah den Fluss, der in einiger Entfernung dahinströmte, so wie er schon seit undenklich langer Zeit dahinströmte und wie er es noch sehr lange tun würde. Die Tränen schossen ihr aus den Augen und sie weinte bitterlich, denn sie war nicht mehr in der Lage, das Haus Malias wiederzufinden und sie war wieder allein und nichts, nichts war geblieben von dem, was ihr Leben in den letzten beiden Monaten erfüllt hatte.

XIII

Nichts?

Wenige Tage nach den geschilderten Ereignissen verließ Beatrice die fremde Stadt und kehrte zurück zu ihren Eltern. Die Geschehnisse von nur einer knappen Woche hatten sie nervlich in einem solchen Grade zerrüttet, dass zu diesem Zeitpunkt an Arbeit erst einmal nicht mehr zu denken war. Kurze Zeit später stellte sie fest, dass ihr sowieso eine andere Aufgabe bevorstand: Sie erwartete ein Kind. Als sie erfuhr, dass es ein Mädchen sein würde, spielte sie eine Weile mit dem Gedanken, es zur Erinnerung an Christoph Christine zu nennen. Dann verwarf sie diese Idee wieder, denn sie befürchtete, dass sie dies noch mehr, als es ohnehin der Fall sein würde, auf schmerzliche Weise an die kurze und so tragische Beziehung zu Christoph erinnern würde. Schon nach sieben Monaten, Ende September, wurde sie Mutter eines gesunden Töchterchens und taufte es Amelie. In der Folgezeit widmete sie sich ganz ihrer kleinen Tochter und fand im Kreis ihrer Familie und einiger guter, alter Freunde allmählich wieder zurück zu sich selbst.

Epilog

Vier Jahre waren vergangen.

Beatrice stand am Fenster und beobachtete, wie sich draußen der Winter mit dem ersten Schnee ankündigte. Unwillkürlich dachte sie an Malia. Es ging ihr oft so wenn es schneite, denn damals, als sie immer zusammen gewesen waren, hatte es auch häufig gescheit. Dann drängte sich ihr auch stets die Frage auf, was aus Malia geworden war, warum sie deren Haus nicht hatte wiederfinden können und was sie im Nachhinein von ihr halten sollte, aber mittlerweile versuchte sie, diese Gedanken schnell wieder zu vertreiben, denn sie kam nie zu einer Antwort. Malia und das Haus waren für Beatrice wie ein Riss in der Wirklichkeit.

Ununterbrochen landeten Schneeflocken auf der Scheibe und liefen nass daran herunter.

Zusammen mit ihrer Tochter bewohnte sie das Dachgeschoss im Haus ihrer Eltern. Amelie rannte im Zimmer herum, lief von Fenster zu Fenster, hüpfte auf der Stelle und war ganz verzückt von dem Wintereinbruch.

„Schnee, Schnee, Schnee! Mama ich will raus! Spielen, spielen, spielen im Schnee, Schnee, Schnee!"

„Melie, der Schnee ist noch ganz nass. Du erkältest dich, wenn du jetzt rausgehst. Warte noch ein bisschen, dann haben wir sicher schönen Pulverschnee."

„Ich will aber jetzt raus! Jetzt, jetzt, jetzt!" Sie stampfte mit dem Fuß und schaute Beatrice böse an. Ihre schwarzen Kirschaugen funkelten vor Trotz und Zorn.

Beatrice seufzte. Für Schnee hatte Amelie schon als ganz kleines Kind eine seltsame Zuneigung gezeigt. Die unbändige Energie ihrer Tochter bereitete Beatrice immer größere Probleme. Man hatte ihr dringend geraten, streng zu sein und nicht nachzugeben. Amelie war ein oft ungewöhnlich aggressives Kind und schlug im Kindergarten ständig die Jungs, auch die älteren.

Beatrice blickte aus dem Fenster. Der Schnee fiel jetzt in großen, schönen Flocken, die nicht mehr so nass aussahen. Sie biss sich auf die Unterlippe und überlegte einen Moment, dann entschied sie, dass sie sich noch nicht auf ein Nein festgelegt hatte. Sie wandte sich ihrer Tochter zu.

„Melie, ich habe gerade gesehen, dass der Schnee nicht mehr nass ist. Deshalb ziehen wir jetzt den tollen Schneeanzug an, den Oma und Opa dir geschenkt haben, und dann darfst du raus und ich komme auch mit!"

„Jaaaa! Jaaaa! Jaaaa!" Amelie machte einen Luftsprung nach dem anderen, so dass ihre wunderschönen, rabenschwarzen Haare auf und ab flogen.

Draußen wirbelten die Schneeflocken im Kreis herum und tanzten in der Luft, als wären sie ganz verrückt vor Freude.

Durch den Selbstmord seiner Freundin ist der Lebenswille des schizophrenen Marc gebrochen. Er entscheidet sich, ihr in den Tod zu folgen. Doch der Tod, der ihn ereilt, ist ein anderer. Stark und mächtig kehrt er zurück in die Welt der Lebenden, und lässt Wahnsinn Wirklichkeit werden. Seine Psychose wird bittere Realität für jene, die er jagt. Alle anderen sehen mit geschlossenen Augen zu, fasziniert und besessen von seinen Grausamkeiten. Alle sind willkommen auf ...

www.vampir-tv.de

von

Kevin Kress

„Wer zart besaitet ist, sollte diesen Roman nicht vorm Schlafengehen lesen"
-Legacy Magazin, Aug/Sep´04

Books on Demand, ISBN 3-8334-1423-5
5,99 €

bücher am **bismarckplatz.**

lese **t** räume

sofienstr. 3
69115 heidelberg
t. 06221 / 1472-0   f. 1472-35
www.buecherambismarckplatz.de
e-mail   buecherambismarckplatz@freenet.de